KB062509

아무튼, 무대

아무튼, 무대

황정원

코난북스

나무에게

차례

Crazy for You

한국예술종합학교 음악원을 졸업하고 얼마 지나지 않아서였다. 학사 일정에 등 떠밀려서나마 음악학 석사 졸업장은 받았으니 나름 하나의 성취를 이뤘다고 생각했다. 그렇게 등 뒤로 문을 하나 닫고 나섰는데, 문제는 그다음이었다. 새로 열어야 할 문이 눈앞에 보이지 않았다. 무대를 향한 오랜 동경을 실현하고 싶었지만 공연계에는 일자리가 없었다. 공연 기획사나 제작사는 대부분 규모가 작았고, 대규모 공채 같은 건 딴 세상 이야기였다. 결원이 생길 때마다 알음알음으로 충원하는 정도라, 갓 졸업한 초짜가 곧바로 매끄럽게 업계에 입성하는 건 판타지에 가까웠다.

학교를 다니는 동안에는 그냥 학교 옆 건물에 지나지 않던 예술의전당이 졸업과 동시에 철옹성으로 변했다. 졸업 후 그곳에서 공연을 관람했던 날, 객석에서 몇 발자국 떨어져 있지도 않은 무대가 한없이 멀게만 느껴졌다. 입술을 잘근잘근 씹으며 생각했다. 어떻게 해야 저쪽 세계로 건너갈 수 있지?

당시 내가 어떻게든 기회를 잡고 싶어 한 분야는 뮤지컬이었다. 그쪽 분야로 일자리를 구한다는 소문을 냈다. 그러고는 전공과 무관한 단기 알바를 잡히는 대로 하며 기회를 기다렸다. 그러던 어느 날 친구로부터 전화 한 통을 받았다.

"이번에 새로 뮤지컬 한 편이 제작에 들어가는 데 통역 겸 조연출을 구하고 있대. 2개월짜리 알바이긴 한데…. 그래도 너 해볼래?"

이건 신이 주신 기회다. 일단 시작만 하면, 빼꼼 열린 문틈으로 얼른 발가락 하나라도 밀어넣으면 그다음은 어떻게든 새로운 길이 생기리라고, 길은 거기서부터 만들면 된다고 확신했다. 꿈! 젊음! 예술! 열정! 열정페이라는 단어가 생기기 전의 이야기다.

해맑게 찾아간 첫 공연 현장은 모든 것이 낯설었다. '시켜만 주시면 열심히 하겠습니다!'를 외치고 호기롭게 통역에 들어갔지만, 무대 용어는 처음 접하는 말투성이였고, 그마저도 일본식 은어가 난무해 도무지 알아들을 수 없었다.

게다가 현장에서 함께 일하게 된 사람들은 내가 경험한 어떤 집단보다도 상하관계가 확실했다. 프리랜서들이 프로젝트 단위로 모였다 흩어지기를 반복하는 공연 현장은 실력만큼이나 혹은 실력보다 원만한 인간관계가 중요했기 때문이다. 아무리 그래도 예술 하는 사람들인데 위계질서나 사회 관습으로부터 자유롭지 않을까 하는 착각(과 그릇된 희망)에 더해, 이전 IT 스타트업에서 일할 때 쓰던 수평적 호칭 체계를 무심코 쓰다가 따로 조용히 불려 간 일도 있었다. 음향감독은 분명 나와 작업하기를 좋아했는데 왜 내가 천진난만하게 그를 '○○ 씨'라고 부를 때마다 표정이 이상했는지 상담을 하고서야 알 수 있었다.

그렇게 사람들과 직접 부딪쳐 깎여가며 현장의 질서와 화법을 하나씩 몸에 익히는 수밖에 없었다. 그래야 결국 무리에 받아들여질 수 있다는 정도는 알았고, 발가락 하나로 버티고 있는 문이 도로 닫히기 전에 1밀리미터라도 더 깊숙이 몸을 밀어넣어야 했다.

내가 참여한 작품은 로맨틱코미디 뮤지컬 〈크레이지 포 유(Crazy For You)〉였다. 아바(ABBA)의 히트곡만으로 이루어진 뮤지컬이 〈맘마 미아〉라면 〈크레이지 포 유〉는 거슈윈의 주크박스*였다. 〈I Got Rhythm〉, 〈Embraceable You〉, 〈Someone To Watch Over Me〉 같은 거슈윈 형제의 스탠더드 넘버**들이 줄줄이 흘러나와 위트 넘치는 리듬과 재지(jazzy)한 선율이 온종일 연습실을 채웠다. 돌아보

---

* 한 가수 혹은 한 그룹의 대표곡들로 만든 뮤지컬.

** 처음 세상에 발표되고 오랜 시간이 지나서도 여전히 많은 이들에게 사랑받아 즐겨 연주되는 곡.

면 첫 작품으로 〈크레이지 포 유〉를 만난 건 특별한 행운이었다.

"나쁜 뉴스, 저리 가버려. 3월이나 5월쯤에 잠깐 들르든가. 지금은 성가시게 굴지 마(〈I can't be bothered now〉)."

사랑스러운 쇼걸들과 경쾌한 탭댄스를 추며 흥얼대는 주인공 바비의 노래를 듣다 보면 번잡한 세상사는 잠시 한 켠으로 밀어놓게 된다. 애초부터 개연성 따위 안중에도 없는 줄거리 또한 가벼운 즐거움의 일부다.

부유한 은행가의 아들 바비는 춤과 노래를 사랑하는 청년이다. 그는 무대에 설 날을 꿈꾸며 극장 주변을 맴돌지만, 가업을 승계하라는 어머니의 협박에 쇠락한 금광촌, 네바다주 데드록으로 가게 된다. 은행 빚을 못 갚고 있는 한 낡은 극장의 소유권을 빼앗아오는 것이 그의 임무다. 한편 데드록에서는 극장 주인의 딸 폴리가 '어디, 은행에서 찾아오기만 해봐라, 내가 혼쭐을 내겠다' 단단히 벼르고 있다. 당찬 폴리에게 첫눈에 반한 바비는 극장을 압류하기는커녕 정체를 숨기고 화려한 쇼를 올려 대출을 대신 갚기로 결심한다. 뉴욕에서 친하게 지내던 쇼걸들을 불러들여 데드록 주민인 카우보이들과 함께 공연을 만들고, 갖은 우여곡절 끝에 폴리의 사랑을 쟁취할 뿐 아니라 극장도 마을도 되살린다. 완벽한 해피엔딩이다.

작업 내내 연습실에 웃음이 끊이지 않았다. 그래도 일인데 이렇게 신나고 즐거워도 되는 걸까, 쇼 비즈니스는 원래 늘 이런 건가, 숨이 넘어가도록 웃다가도 문득 아득해지곤 했다. 연습실이 늘 웃음으로 왁자했던 이유는 아이러니하게도 남을 울리는 것보다 웃기는 것이 더 어렵기 때문이었다. 트렌드에 뒤처지지 않은 유머 코드, 농담이 전개되고 전달되는 스피드, 타이밍 같은 많은 요소가 맞아떨어져야 관객에게서 즉각적인 반응—웃음—을 끌어낼 수 있으니 코미디는 비극보다 손이 많이 가며, 그럼에도 관객의 반응을 예측하기 힘들다. 그래서 미국인 연출가가 고개를 절레절레 흔들며 말하곤 했다. 배우로 시작해서 연출가로 활동하는 그때까지 극장 생활만 30년이 넘는데 아직도 관객이 웃을지 말지 도무지 예측할 수 없다고, 희극은 공연을 올려봐야 안다고 말이다.

번역극의 어려움은 더했다. 미국식 유머 코드와 영어로 된 언어유희를 어떻게 번안해야 우리 관객도 웃을까, 몸 쓰는 슬랩스틱 코미디의 강약을 어느 정도로 조절해야 우리 정서에 맞을까, 배우도 스태프도 보다 선명하고 잘 다듬어진 유머를 찾느라 새로운 농담을 서로에게 끊임없이 던져댔다. 다들 '어떻게 하면 좀 더 웃길까, 좀 더 신날까' 진지하게 몰두하다가 터져 나오는 웃음을 주체하지 못해 연습실 바닥을 기어다니며 웃었다.

작업이 즐거웠던 또 하나의 이유는 역시, 춤이었다. 리듬과 음색의 작은 변화나 스토리의 극적인 요소가 춤으로 표현되는 방식이 기가 막혔다. 춤으로 스토리를 쓰는 작가(writer of dance)로 알려진 수전 스트로맨의 안무였다.

비질이나 망치질 같은 사소한 동작들이 자연스레 춤으로 연결됐고 곡괭이, '뚫어뻥' 같은 일상 용품들이 기발한 방식으로 춤에 쓰였다(그러다 보니 준비해야 할 소품 리스트가 끝도 없이 길었다. 소품팀은 소품 하나하나의 사진과 그 소품을 사용하는 등장인물, 소품이 등장하는 장과 막, 배치할 무대 위 위치 등이 꼼꼼하게 적힌 두꺼운 소품대장을 넘기며 살다 살다 이런 작품 처음 본다고 투덜거렸다).

뮤지컬 내내 펼쳐지는 탭댄스 또한 짜릿했다. 스무 명 남짓한 사람들이 신은 탭슈즈가 댄스플로어를, 양철 슬레이트 지붕 위를 두들기고 미끄러지며 리듬을 만든다. 그 리듬은 밴드가 연주하는 거슈윈의 리듬과 절묘하게 맞아떨어지다가 어긋나기도 하며 맛깔스럽고 찰진 리듬을 새로 빚어냈다. 합을 맞춰 몸을 움직이던 배우들은 제 흥에 겨워 진짜 카우보이라도 된 양 "이~하~" 배 속에서 우러나오는 소리를 질렀다. 역동적인 리듬에 무아지경에 빠진 그들로부터 원초적인 즐거움이 흘러나왔다. 지켜보던 나도 그 흥에 전염되어 바보처럼 실실 웃음을 흘리며 덩달아 몸을 들썩였다.

하지만 이렇게 되기까지는 숨은 공로자가 있었다. 한국에서 이 정도 흥을 자아낼 만큼 탭댄스를 출 줄 아는 사람은 거의 없었다. 본격적인 리허설에 들어가기 전 기본적인 탭 트레이닝이 시급했다. 안무가 데이나가 먼저 한국으로 들어왔다.

데이나는 뮤지컬의 본고장 브로드웨이에서 무용수로 활동한 안무가였다. 175센티미터가 훌쩍 넘는 장신에 무용수 특유의 쭉 뻗은 곧은 자세에서 존재감이 뿜어 나왔다. 오랜 세월 춤으로 다듬어진 섬세한 근육들은 일상의 작은 움직임에서도 우아하게 드러났다. 데이나는 한국어를, 배우들은 영어를 하지 못했지만 웬만해서는 통역이 필요하지 않았다. 서로 상대를 이해하고자 하는 마음이 크기도 했고 피차 배우들이었다. 관찰이 몸에 배고 표현이 업인 사람들이라 치켜 올라간 눈썹 하나만으로도 상대의 의중을 어찌나 정확히 파악하는지 지켜보는 나로서는 신기할 지경이었다.

통성명을 하고 트레이닝을 시작한 지 얼마 지나지 않은 어느 날 아침이었다. 공연이 시작되는 저녁 무렵에 맞춰 컨디션을 최고로 끌어올려야 하는 배우들에게 아침은 아직 이른 시간이었다. 때문에 아침의 연습실에는 나른한 분위기가 감돌곤 했다. 배우들이 무용복 차림으로 바닥에 앉아 브이 자로 길게 다리를 뻗으며 몸을 푸는 풍경은 목가적이기까지 했다.

댄스슈즈를 신으며 나와 가볍게 잡담을 나누던 데이나는 내가 이전에 어떤 작품들에 참여했는지 알고 싶어 했다. 허를 찔린 듯 지레 얼굴이 발개졌다. 그리고 실토했다. 사실 나는 고등학교 때부터 쭉 이 공계에 특화된 교육을 받았고, 대학원에 와서야 전공을 바꿔 음악학 석사를 땄기 때문에 이 작품이 첫 현장 경험이라고 말이다. 잠시 머뭇대다가 데이나의 상냥한 표정에 힘입어 속내를 좀 더 털어놓았다. '아직도 혼란스럽기만 하고', '매일 새로운 상황에 맞부닥치는 바람에 두렵기도 하지만', '그래서 두근거리기도 한다'고.

재밌다는 듯 데이나의 얼굴에 엷은 미소가 번졌다. 그리고 말했다.

"이 세계는 지금까지 네가 있던 세상과 전혀 달라. 우리들은 숫자가 아니라 사람의 감정을 다루거든. 우리 일이라는 게 책상에 앉아 책과 컴퓨터를 붙드는 대신 사람들을 울고 웃게 만드는 거니까, 물론 우리도 그러면서 많이 울고 웃게 되겠지만. 운이 좋다면….."

손과 눈으로 꼼꼼하게 신발 체크를 마친 그녀는 자리에서 일어서며 확신에 찬 목소리로 덧붙였다. "너는 곧 세상에 무대만큼 특별한 곳이 없다는 것을 깨닫게 될 거야."

데이나가 일어서자 배우들도 모두 주섬주섬 자리를 털고 일어났다. 그날의 연습이 시작되었다. 그리고 그녀가 옳았다. 나는 운이 좋았고, 깨달음은 머지않아 찾아왔다.

지문

첫 대본 리딩 날이었다. 리딩은 쿰쿰한 땀 냄새가 밴 지하 연습실에서 진행되었다. 처음으로 모든 스태프, 주요 배우들이 모인 자리였다. 사람들이 하나둘 들어와 자리를 채웠다. 리딩이 시작되길 기다리는 사람들 모습은 천차만별이었다. 어떤 스태프는 테이블이 넘치도록 큰 무대 도면을 펴놓고 다른 작품 세트를 스케치하며 기다릴 만큼 이 자리가 편해 보였다. 일찌감치 도착해 큰소리로 인사하며 의욕을 보이던 어린 배우는 금세 분위기에 눌렸는지 손에 든 물컵만 만지작거렸고, 연차가 좀 있는 배우들은 느긋하게 들어와 과장된 동작과 표정으로 스태프들과 인사를 나누며 친분을 과시했다. 나는 입을 열면 심장이 튀어나올 것 같아 평정을 가장한 채 이미 수십 번 읽고 온 대본을 연신 들척였다.

서서히 웅성임이 잦아들고 마침내 리딩이 시작되었다. 배우들이 대사를 읽고 사람들이 집중하자 텁텁했던 연습실의 공기 또한 빠르게 바뀌었다. 나 역시 배우들의 목소리를 따라 한 줄 한 줄 대본을 따라 읽어 내려갔다.

그런데 눈 한 켠으로 스태프들의 급작스런 움직임이 들어왔다. 의아한 마음에 고개를 들어 주변을 둘러보았다. 다들 베테랑인 만큼 다리를 꼰 채 느긋하게 대본을 넘기던 그들이 순식간에 자세를 고쳐 앉고 있었다.

'무슨 일이지? 지금 대사가 뭐였길래?'

어리둥절해서 대본을 다시 내려다보았다. 스태

프들의 반응을 끌어낸 건 지금 막 조연출이 나직하게 읊조린 이 대목이 분명했다. 무대 위 상황을 지시하는 세 문장짜리 짧고 건조한 지문.

황량한 사막 너머로 붉은 아침 해가 떠오른다.
잠에서 깬 무스가 현관 포치로 나와 머리를
긁적이고 기지개를 켠다. 자리에 철퍼덕
주저앉아 손에 든 커피를 음미한다.[*]

대본 없이 무대를 접하는 관객이라면 십중팔구 인지도 못 하고 지나가버릴 내용이었다. 아니, 당장 대본을 샅샅이 읽고 있는 나조차 그 부분은 무심코 흘려버린 채 배우의 다음 대사로 넘어가던 참이었다. 하지만 스태프들의 반응은 전혀 달랐다. 마치 먹잇감을 발견한 치타 떼처럼 그 지문을 향해 달려들었다.

무표정한 얼굴로 시선을 대본에 고정한 채로 조명팀은 '붉은 아침 해가 떠오른다'에, 의상팀과 분장팀은 '잠에서 깬'이란 부분에, 소품팀은 '커피'

---

[*] 이 지문은 글의 의도를 명확히 드러내기 위해 극의 여러 요소들을 결합해 예시로 만들어낸 지문이며 〈크레이지 포 유〉 대본에 실제 등장하지 않는다.

란 단어에 그리고 무대팀은 '현관 포치'에 빠르게 밑줄을 그었다. 어리둥절한 가운데 서서히 그 행동의 의미를 깨닫기 시작했다.

조명팀에게 '아침 해가 떠오른다'는 문장은 깜-빡 하고 켜지는 종류가 아니라 천천히 조도를 조절할 수 있는 붉은 조명을 의미했다. 소품팀은 지문에서 카우보이 무스가 손에 들 법한 투박한 머그컵 하나를 건져냈다. 의상팀과 분장팀은 각각 무스가 간밤에 입고 잤을 법한 잠옷을, 헝클어진 헤어스타일을 읽었다. 무대팀은 덩치 큰 무스가 털썩 주저앉을 만큼 넉넉한 공간과 그의 긴 다리를 충분히 구부릴 수 있는 포치의 높이를 계산하느라 여념이 없었다(카우보이가 양반다리로 앉을 수는 없는 노릇이다). 서서히 상황이 이해되며 가슴이 두근거렸다. 지문 깊숙이 무대가 숨어 있다!

판타지소설 『나니아 연대기』에는 다락방 옷장이 하나 등장한다. 그 안에 걸린 긴 코트자락을 들추면 환상의 세계로 통하는 비밀 입구가 드러난다. 지문이 바로 그 마법 옷장이었다. 납작하게 누워 있던 지문 세 문장을 통과하고 나니 아침 해로 붉게 물든 네바다주의 시골 마을 데드록이 나타났다. 산발인 채로 입을 쩍 벌려 하품하는 무스의 거친 손은 이 빠진 머그컵을 들고 있다. 그는 자기 집 포치에 주저앉아 강렬한 햇빛 속에 모닝 커피를 즐긴다.

우리는 모두 같은 대본을 손에 들고 있었지만 스태프들이 그 안에서 찾은 포인트는 제각각이었다. 지문을 만난 그들은 벌떡 일어나 우르르 옷장 문을 통과해 데드룩으로 들어갔다. 그리고 뿔뿔이 흩어져 훈련된 전문가의 눈으로, 각자의 인생을 쌓아온 방식으로 무대를 둘러보고 연습실로 돌아왔다. 그렇게 스태프들이 그은 밑줄들은 서로 충돌하고 섞이다 맞물렸다. 가려져 보이지 않던 관계가 명확히 드러나고, 여러 층위가 생겼다. 그리고 각자의 해석들이 모여 하나의 장면을 만들고, 그 장면들이 모여 하나의 극이 되고, 하나의 새로운 세계가 만들어지고 있었다.

그때까지 나를 둘러싼 세상에는 늘 정답이 존재했다. 한국 교육 제도의 시험 방식 아래에서 오래도록, 강도 높은 훈련을 받은 덕에 정답은 대개 하나의 단어나 숫자로, 한 줄의 문장이나 수식으로 표현 가능했다. "이 지문의 논지를 한 줄로 요약하시오." "다음 보기 중 작가의 의도는?"

우리는 얼마나 자주 이 질문에 답을 적어야 했던가. 문제는 늘 이미 정의되어 있었다. 내가 묻기 전에 늘 남의 물음이, 읽어야 할 지문이 먼저 주어졌다. 그래서 부지불식간에 인생에도 예술에도 문제가 깔끔하게 정리되어 있고, 탄탄한 논리와 지식만 있다면 누구나 같은 답을 도출하리라 믿었다.

GMAT* 시험을 준비할 때는 심지어, 누가 어떤 맥락에서 읽어도 동일하게 해석될 문장을 만드는 훈련에 집중했다. 문장을 줄이고 줄여 핵심 정보만, 그것도 오해나 다른 해석의 여지는 조금도 남기지 않는 기술을 요구했다. 빠른 속도로 상황을 분석해 명료한 답을 도출한 후 '절대적으로' 옳은 문장으로 표현하기, 그 스킬을 갖추려고 기계적으로 반복해서 문제를 풀고 답을 맞춰가며 점수를 확인했다. 그러므로 GMAT에서 좋은 점수를 받으려면 지문같이 중요하지 않은 정보는 눈으로 슬쩍 훑고 건너뛰는 편이 좋다(쯧쯧, 오죽하면 애초에 괄호 안에 들어 있겠어).

그리하여 그날, 내 세계가 뒤집혔다. 하나의 텍스트가 서로 다른 시선으로 읽힐 수 있었다. 다 다르게 읽혀도 되는 것을 넘어 그렇게 읽혀야만 했다. 이 충돌과 혼잡함이 모두가 공유하는 하나의 목적, 훌륭한 공연을 창조하기 위해 반드시 거쳐야 할 과정이었다. 그러므로 예측 가능한 정답이 아니라 자신

* 경영대학원에서 입학을 위해 요구하는 영어 기반의 시험.

만의 해석과 개성이 필요했다.

어항 속에 있다가 갑자기 바다 한가운데로 풀려난 물고기가 된 기분이었다. 어리둥절한 가운데 엄청난 희열이 느껴졌다. 눈앞이 아찔할 정도의 자유였다. 벽이 없다! 어느 방향으로 헤엄쳐도 틀렸다며 가로막히지 않는다. 다른 견해가 오답으로 밀쳐지지도 않았다. 도리어 각자의 시선과 다양한 생각이 두텁게 쌓일수록 새롭고 독창적인 길이 나타났다.

그건 마치 유유히 서핑보드를 타다가 몸을 덮친 파도에 균형을 잃고 바닷속으로 사정없이 내동댕이쳐지는 느낌과 비슷했다. 온몸을 찌르는 차가운 통증이 오히려 짜릿한 쾌감으로 다가왔다.

이거, 근사한걸. 내가 알던 현실보다 더 현실적이고 인간적인 세계가 허구의 이야기 속에, 무대 속에 있었다. 세상의 경계라고 생각했던 부분이 사실은 접힌 지도의 가장자리에 불과했다. 스태프들 뒤를 따라 얼떨결에 장롱을 통과하자 지도의 접힌 부분이 펼쳐지며 새로운 세계가 모습을 드러냈다.

큰일났다. 이런 대단한 걸 보았으니 이제 예전의 삶으로는 돌아갈 수 없겠구나. 그렇게 그 순간 '세상에서 가장 아름다운 곳이 무대구나' 하고, 아마도 영원히 지속될 사랑이 시작되었다.

내가 속한 곳을 찾아

"네가 수도관 속을 흐르는 수돗물이야. 더 빨리 흐르려면 어떻게 해야겠어?"

물리학과 선배가 나에게 유체역학을 설명하며 물었다. 관을 통과하는 유체가 표면과 마찰하며 받는 저항, 또 저항을 최소로 받는 모양에 대해서도 이야기했다.

"마찰을 최소화해야 추진력을 최대로 얻을 거 아냐."

대화가 오간 장소는 KAIST 교내 수영장이다. 그는 내 접영 자세를 바로잡아주려고 먼저 유체역학을 이해시키고 있었다. 수영복 차림으로 말이다. 선배의 설명이 끝나면 나는 유체역학을 적용한 접영으로 빠르게 앞으로 나아가야 했다. 그러나 이해한 척은 할 수 있어도 가라앉지 않는 척은 할 수 없는 노릇이다. 유체역학은 추상의 영역이었고 혼신의 힘을 다한 접영 킥에도 바닥으로 가라앉는 나는 지금 여기서 일어나고 있는 실제 현상이었다. 비록 선배처럼 이 두 세계를 즉시 연결 짓지는 못했지만 유체역학으로 접영을 배우는 것이 이상하다는 생각은 들지 않았다.

이 학교에서는 이런 스타일의 대화가 일상이었다. 숙련된 플레이어들이 쉴 새 없이 탁구공을 주고

받듯 이성적이고 논리적인 대화가 명쾌하고 빠르게 전개됐다. 이과에 특화된 환경에서 고등학교를 보낸 아이들이 일찌감치 시작한 기숙사 생활을 대학에서도 이어갔다. 그러니 비슷한 환경에서 자란 아이들끼리 모여 살며 외부 세계와 접촉할 기회는 드물었다.

그나마 가까운 바깥 세계(라고 해봤자 밥집과 술집, 만화방이 몰려 있는 거리에 불과했지만)로 가려면 쪽문을 통과해야 했다. 기숙사에서 쪽문으로 향하는 길은 엔들리스 로드(Endless Road), 끝없는 길이라 불렸다. 나갈 때 조급함 때문이었는지 돌아올 때 피곤함 때문이었는지 그 길은 늘 길었다. 특히 술로 밤을 지샌 새벽, 기숙사까지 돌아오는 엔들리스 로드는 걷고 또 걸어도 엔들리스였다.

그날도 친구들과 술을 마시고 엔들리스 로드를 걷는데 갑자기 비가 쏟아졌다. 아무도 우산을 준비하지 않았으므로, 우리는 즉시 행동을 개시했다. 기숙사까지 뛰어갈 때와 걸어갈 때, 어느 쪽이 비를 덜 맞을지 토론을 시작한 것이다.

"아무리 급해도 정할 건 정하고 시작하자. 일단 단위시간당 내리는 비의 양은 일정한 거야."

"비 맞는 사람의 체격은 무관한 거지? K형은

나보다 훨씬 크잖아."

이어서 달리는 사람의 속도와 지면과의 각도, 빗방울을 맞는 단면적 등 상수는 무엇이고 변수는 무엇인지 그 비를 맞으며 활발한 토론을 펼쳤다. 그런데 그날 따라 나를 둘러싼 이 익숙한 논리의 대화와 사고 패턴이 몹시 고단했다. 오래 몸에 걸친 교복이 너무 작아졌다는 것을 문득 깨달은 순간, 옥죄는 교복을 벗어던지지 않고는 배길 재간이 없는 것처럼 말이다.

빗방울이 떨어지는 각도와 단면적을 계산하기보다 쇼팽의 빗방울 전주곡을… 전주곡을…. 이어질 동사를 그때는 미처 찾지 못했다. '연주하고 싶었다'라고 쓰기에는 너무 늦은 나이라는 정도만 확실했다. 오랫동안 클래식 음악을 동경했고 그 아름다움에 깊이 매혹되었으니 목적어는 확실했다. 그러나 그 뒤로 어떤 동사가 가능한지 알지 못했다. 그 세계에 대해 너무 아는 바가 없어서 상상조차 할 수 없었다.

단지 좋아하는 마음만으로 인생의 경로를 이렇게까지 수정해도 되는 걸까? 이 친숙하고 안전한 세상을 떠나 막상 새로운 곳에 도착했을 때 잘못된 선택이었다는 것만 확인하게 되면 어쩌지. 두렵고 혼란스러웠다.

한 가지가 확실했고 그것으로 도전할 이유는 충분했다. 지금 걷는 이 길을 단념하고 새로 길을 떠나야만, 이 선택이 옳은지 그른지 판단할 수 있으리라는 것.

한예종 음악원을 목표로 잡았다. 8월에 카이스트를 졸업했는데 입시가 10월이었으니 터무니없이 시간이 부족했지만 경험이라도 한번 쌓자는 마음에 원서를 냈다. 입시 요강에 적힌 생소한 과목명들이 낯선 세상으로 들어서는 중이라고 날카로운 경고음을 보냈다. 어디서부터 어떻게 시작해야 할지조차 막막해서 무턱대고 한예종 음악원 조교실에 전화를 걸어서는 레슨 선생님을 소개해줄 수 없는지 문의했다.

소개 받은 음악원 사람을 만나러 한예종 서초동 캠퍼스로 향했다. 대전에서 대학 생활을 보내는 동안 서울 예술의전당은 아주 특별한 공연이 있을 때, 어렵게 시간을 내어 찾던 곳이었다. 그런데 세상에, 이 학교는 예술의전당 옆에 있었다. 그것도 바로 옆에. 아니 왜 학교가 공연장 옆에.

학교 정문을 들어서자마자 갈대 같은 몸에 하늘하늘한 무용복을 걸친 요정들이 눈에 들어왔다.

요정들은 1층 무용원 복도가 호수 위인 양 미끄러져 갔다. 3층에 도착하자 악기를 둘러메고 악보를 손에 든 음악원 학생들과 엇부딪쳤다. 그리고 무엇보다도 음악이! 그날을 생각하면 아직도 음악 소리가 제일 먼저 떠오른다. 강의실, 연습실 여기저기서 흘러나오는 희미한 악기 소리와 노랫소리가 공기를 가득 채우고 있었다. 여기가 진짜 음악원이구나. 숨을 깊이 들이마셨다. 이거다. 이 이미지야말로 내가 상상하던 세계다. 제대로 찾아온 것 같다.

두 달 뒤, 입학시험에 떨어졌다. 기적적인 합격을 기대하는 마음이 없었다고 하면 거짓말이겠지만, 예상한 결과이기도 했다. 전혀 다른 계열에 있던 사람이 벼락치기로 몇 달 공부해서 합격했다면 오히려 그게 더 이상할 노릇이었다. 한예종을 처음 방문한 날의 이미지를, 벅찬 마음을 떠올리며 새로 전의를 가다듬었다. 1년 더 준비하는 김에 이번엔 아예 석사 과정에 지원하기로 마음먹었다.

청음(聽音)부터 다시 시작했다. 청음은 음악을 듣고 음과 리듬을 순간적으로 기억했다가 빠르게 악보에 옮겨 적는 기술을 말한다. 평생 사용해보지 않은 방식으로 감각을, 귀를 훈련했다. 뭉텅이로 들리는 음악의 결을 찢어 성부를 나누고 음표와 쉼

표의 시간을 재 길이를 매기는 연습을 거듭했다. 밥 먹을 때도 걸을 때도 머릿속에 메트로놈을 돌리며 다녔다.

듣고 있었으나 들리지 않던 소리들이 조금씩 들려왔다. 울리고 있는 소리뿐 아니라 이미 사라진 소리와 다가오는 소리가 서로 연결되며 지어지는 음악의 구조와 맥락도 간간이 들리기 시작했다. 음악 하는 사람들은 이렇게 소리를 들어왔단 말이야? 경이로웠다. 비밀로 가득한 세계의 문이 조금, 열린 것 같았다.

그러나 화성학에 접어들자 벌써부터 새 세계에 대한 의구심이 슬금슬금 일었다. 쉽고 어렵고의 문제가 아니었다. 기초 음악이론 중 하나인 화성학은 조성음악에서 소리의 진행 법칙을 다룬다. 한 음표 뒤에 어떤 음표가 오는 것이 이상적인지 알려주는 일종의 가이드라인이다.

문제는 내가 좀 더 엄밀한 수준의 논리에 익숙한 공대 출신이었고, 내 기준으로 이 가이드라인은 터무니없이 모호해 보였다는 점이다. 이전 세계에서 법칙이란 숫자를 대입하면 누가 계산하든 동일한 결과가 나오는 것이었다. 객관적이고 명료해서 개성이 끼어들 틈도 없었고 그럴 필요도 없었다.

반면 이 세계의 화성학은 엄연히 법칙은 존재하는데, 답은 하나가 아니었으며 허용되는 예외는 왜 또 그리 많은지 치가 떨릴 정도였다. 예상치 못한 복병이었다. 납득할 수 없더라도 지금은 따지지 말고 그냥 외우자. 입시를 준비하느라 7킬로그램쯤 살이 빠졌을 때, 나는 음악원에 합격했다. 그러나 이건 시작에 불과했다.

"이 부분은 조금 더 열정적으로 치세요."

음악원에 입학하고서 첫 학기, 열심히 연습해온 베토벤 소나타 7번 2악장을 선생님께 선보이던 참이었다. '열정적으로 치라'는 선생님 말에 건반을 내리치던 내 손이 허공에 얼어붙었다. 잽싸게 악보를 훑었지만 appassionato(열정적으로)라든가 con fuoco(불같이, 열정적으로) 같은 악상 기호는 보이지 않았다. 어리둥절한 가운데 제일 먼저 '왜?'라는 의문이 떠올랐다.

내 본성의 일부가 된 '왜'는 카이스트에서 사랑받고 존중받는 의문사였다. 육하원칙 5W1H 중 카이스트에서 가장 귀한 대접을 받는 질문이 있다면 단연코 '왜', why였다. 교수는 학생의 반론을 반겼으며 오히려 한 번 더 물고 늘어지도록 북돋우곤 했다. 교수가, 상식이, 전공 책이, 아인슈타인이 뭐라

고 하든 네가 납득될 때까지 묻고 또 물어라. 왜? 집
요한 '왜?'를 통해 기존의 패러다임이 무너지고 과
학은 진일보하는 것이다. 그러니 곧 죽어도 왜!

그 부분을 왜 열정적으로 쳐야 하는지 나는 정
말 궁금했다. 그리고 대학 때처럼 묻는 데 주저함이
없었다.

"왜요?"

침묵이 흘렀다. 거기서 입을 다물었어야 했는
데. 순진하게 질문을 이어갔다.

"열정적으로 치라는 말씀이 정확히 무슨 뜻이
에요?"

다시 흐르는 긴 침묵. 내 질문이 구체적이지 않
았나? 이번엔 더 자세하게 물었다. 아아, 그만 닥쳐!
그 세계에서 그런 방식으로 접근하면 못 써. 할 수만
있다면 과거의 나를 위해 레슨실로 뛰어들어 질문하
는 그 입을 틀어막고 싶은 심정이다. 그러나 과거의
나는 끝내 묻는다.

크게 치라는 것입니까? 빠르게 치라는 것입니
까? 악보에 표시된 음악 기호들을 과장되게 표현하
라는 뜻인가요? 제가 지금 치는 정도를 1부터 10까
지 스케일에서 5라고 하면 7 정도로 치면 충분히 열
정적일까요?

도대체 이 또라이는 뭐지, 선생님은 고민하는 눈치가 역력했다. 학생이 순순히 지시를 따르지 않고 의문을 표했다는 사실만으로도 불쾌했던 선생님은 대답이라기보다 비난에 가까운 말과 함께 서둘러 레슨을 끝냈다. 나는 선생님이 왜 나의 '왜?'에 신나하며 토론을 이어가지 않는지 영문을 몰라 풀이 죽었다. 기악이나 성악처럼 1대1, 몸으로 가르치는 도제식 시스템에서 스승의 권위는 절대적이라는 사실을 미처 몰랐다. 이게 아닌데. 음악원에서 좌절과 실망은 계속되었다.

　　음악원 아이들과 나는 출발점이 너무 달랐다. 등교 첫날부터 명백했다. 대학 때처럼 청바지에 면 티셔츠, 운동화 차림에 책가방이 터져라 책을 쑤셔넣고 학교를 찾았다. 검은 정장 일색의 기악과 아이들이 보였고 나는 '저런, 학기 첫날부터 누가 돌아가셨나 보네' 생각했다. 학기 첫날에는 정장을 차려입어 정중함과 예의를 표하는, 그 세계의 관습과 문화를 전혀 알지 못했다. 반대로 당시 내 옷차림이 그들 사이에서 화젯거리였다는 것은 훗날 친해진 후에야 들었다.

　　서 있는 지점과 바라보는 방향, 표현하는 방식과 이해하는 방식이 다르니 의사소통이 어려웠다.

분명히 같은 한국어를 쓰는데 그들은 나의 말을 알아듣지 못했고, 나는 그들의 말을 알아듣지 못했다.

'왜 더 정확하게 말하지 않지?', '왜 더 논리적으로 생각하지 않지?', '도대체 무슨 말을 하는 거야, 한 문장 안에서조차 앞뒤가 안 맞잖아.'

음대생으로 보이기 위해 검은 정장을 사고, '왜'라는 질문을 억누르며 이쪽 세계에 동화되기 위해 노력할수록 이질감은 더욱 선명해졌다. 음악 하는 사람들을 이해하기 힘들었고, 음악이 더 이상 마냥 좋지 않았다. 늘 뭔가를 잘못하는 것 같은 느낌이었다.

군더더기 없이 깔끔하게 정리된 수학 증명을 보며 '아름답다'고 외치던, 누구도 반론을 제기할 수 없는 우아한 논리를 다루던 시절이 그리웠다. 아아, 내가 그쪽 세계를 그리워하는 날이 올 줄이야. 여기도 내가 속한 곳은 아니었던가.

그러던 어느 날 북소리를 들었다. 가슴에 꽂히는 날카로운 소리에 심장이 쿵 하고 내려앉으며 반 박자쯤 늦게 뛰었던 것 같다. 수업 중 보게 된 〈피터 그라임즈〉에서 횃불과 갈퀴를 움켜쥔 마을 사람들이 광기에 차 피터 그라임즈를 추격하고 있었다.

피터 그라임즈는 늘 겉돌았다. 폭풍을 피해 주점에 모인 마을 사람들이 입을 모아 돌림노래를 부를 때 함께 어울리지 못하고 조성도 박자도 어긋나는 솔로로 모두의 기분을 상하게 만들 따름이었다. 그라임즈가 이상적인 이웃은 아니지만 이웃들도 문제가 없지 않았다. 밀매를 부업으로 삼는 약사, 설교를 즐기는 마약 중독자 할머니, 여자를 사는 목사, '이모' '조카'라 불리는 포주와 창녀들. 그라임즈에게 손가락질하기에는 그들 자신의 흠결이 지나치게 컸다. 그러므로 그라임즈에게 호의를 보이는 유일한 마을 사람 앨런은 노래했다. 너희 중에 죄 없는 자가 먼저 돌로 쳐라. 그럼에도 오페라 말미, 그라임즈는 결국 한 마리 짐승처럼 쫓겨 먼 바다를 향해 노를 젓는다. 그리고 돌아오지 않는다.

오페라 〈피터 그라임즈〉를 작곡한 벤저민 브리튼(1913-1976)의 이야기는 더 흥미로웠다. 브리튼은 영국의 한 바닷가 마을에서 태어나 평화롭고 이상적인 유년기를 보냈다. 하지만 온화한 외관과 달리 그의 내면은 시대와 날카롭게 대립했다.

브리튼이 겪은 시대를 잘 보여주는 영화가 천재 수학자 앨런 튜링(1912-1954)의 삶을 그린 〈이미테이션 게임〉이다. 뛰어난 수학자이자 컴퓨터과학자였던 그는 2차세계대전 당시 독일군의 암호를 해독해 종전을 앞당기는 데 크게 기여한다. 그러나 탁월한 업적에도 불구하고 전쟁이 끝난 후 성소수자임이 밝혀져 화학적 거세형을 받는다. 20세기 중반 영국에서 동성애는 범죄였다.* 그는 마흔한 살 나이에 끝내 스스로 목숨을 끊었다.

브리튼 역시 동성애자였다. 20대 중반에 만난 파트너이자 예술적 뮤즈인 테너 피터 피어스와 일생을 함께했지만, 공식적으로는 끝까지 자신의 성정체성을 숨겼다. 더군다나 확고한 반전주의자였던 그는 광신적 애국주의가 유럽을 휩쓴 1930년 중반에도 음악으로 자신의 신념을 강하게 드러냈다. 평단과 언론의 공격을 피해 미국을 여행하던 중 2차세계대전이 발발했고 그는 그대로 미국에 주저앉게 된다.

브리튼이 동향 출신 시인의 시, 〈더 버러(The Borough)〉를 접한 건 기약 없이 길어진 타국 생활에 지쳐갈 즈음이었다. 어촌 마을의 삶을 묘사한 이 시에서 브리튼은 진한 향수를 느꼈고, 자신이 진정으

---

* 2013년에야 엘리자베스 2세 여왕이 튜링을 특별사면했고, 그는 2021년 새 50파운드 지폐의 인물로 선정됐다.

로 속한 곳이 어디인지 깨달았다. 시에 등장하는 피터 그라임즈라는 어부의 이야기 또한 그를 깊이 매혹시켰다.

결국 전쟁이 한창이던 1942년, 브리튼은 영국으로 돌아오고 정부와의 투쟁 끝에 양심적 병역 거부를 인정받는다. 그리고 〈피터 그라임즈〉를 작곡했다. 완성된 오페라는 브리튼의 파트너 피어스가 그라임즈 역할을 맡아 런던에서 초연됐고 대중과 평단 모두로부터 열렬한 반응을 끌어냈다. 종전을 두 달 앞둔 시점이었다.

오페라의 배경을 알고서 어안이 벙벙했다. 그러니까 〈피터 그라임즈〉를 작곡할 무렵 브리튼은 갈등의 한가운데 있었던 셈이다. 자신의 정체성이 자기가 살아야 했던 시대와 맞지 않았으니 말이다. 세계대전 중에 반전주의자로, 동성애가 범법인 시대에 동성애자로 살았으니 끊임없이 사회와 부딪혔을 것이다.

그런데 그는 그런 자신의 갈등을 안내자 삼아 사회에 부합하지 못하는 한 개인, 아웃사이더와 군중의 갈등을 주제로 오페라를 써서 많은 이의 공감을 불러일으켰다. 그렇게 그는 자신의 해결되지 않은 갈등에 새로운 의미를 부여했다. 갈등은 해결의 대상일 뿐 갈등이 그 자체로 가치 있다고 생각해본 적이 없던 나로서는 어둠 속에서 반짝 하고 불이 켜진 느낌이었다.

결연한 마음으로 어렵게 들어온 음악원이었다. 그런데 막상 배우는 음악이, 음악을 가르치는 방식이 기대와 너무 달랐다. 어떻게든 돌파구를 찾으려 이 과목 저 과목 찾아 듣고, 틈만 나면 무용원이건 연극원이건 기웃거려봤지만 어느 쪽도 크게 도움이 되지 않았다.

그래서 늘 마음이 급했다. 목적지를 향해 돌진해야 할 시간에 여기저기 부딪치며 헤매고 다니려니 끔찍한 시간 낭비 같았다. 이 소모적이고 무의미한 시간을 가능한 한 빨리 통과해야 했다. 그런데 그 시간을 다른 방식으로 경험할 수 있다고 브리튼과 그가 쓴 오페라가 말하고 있었다.

'일단은 오페라를 전공하자.'

북소리 때문이었다. 음악원에 들어온 후로 무엇인가를 그렇게 명확하게 이해한 적도 없었을 것이다. 정확한 의미도 논리도 담지 못했지만 둥둥거리는 그 북소리만큼은 이해할 수 있었다. 북소리는 순식간에 그라임즈의 자리로 나를 몰아넣었고 나는 그라임즈의, 브리튼의 두려움이 내 것인 양 몸을 움츠렸다. 그래서 오페라를 전공해보자고 결심했다. 사람을 이렇게까지 뒤흔들다니 도대체 오페라는 뭔가, 좀 더 알아야 했다.

돌이켜보면 결국 음악원에서 겪은 갈등이 거꾸로 나를 미는 추진력이 되어 내가 원하는 세계로 나를 데려다준 셈이었다. 그곳에서 적응하지 못해 고생한 시간 덕에 내린 결정이었으니 말이다. 전혀 생각하지 못한 방식으로 의미를 지니게 되었지만, 어쨌든 그때껏 헤맨 시간이 마냥 낭비만은 아니었다.

그 세계는 출발 전에 내가 꿈꾸던 세계와 많이 달랐다. 하지만 그 또한 괜찮았다. 나 또한 갈등과 마찰로 모양이 바뀌고 색이 달라져 새로 찾은 세계와 아귀가 맞물리도록 변해 있었기 때문이다. 그렇다면 이번 결정에 의해 다시 헤매게 되더라도 불안에 내몰리지 말고 헤매는 데 몰두해보자. 그렇게 나 역시 내가 겪고 있는 갈등에서 조금씩 의미를 찾기 시작했다.

'믿음의 도약(leap of faith)'이라는 표현이 있다. 믿기 힘든 무엇인가를 믿는 행위, 답을 모르고 성공을 확신할 수 없지만 어쨌든 믿고 감행하는 일을 말한다. 예전의 나는 이 표현을 보면 절벽 끝에서 맞은편을 향해 몸을 날리는 사람을 떠올렸다. 그 역동적인 이미지에서 다음 수순은 안착 또는 추락뿐이었다. 즉 성공과 실패, 이분법으로 갈리는 두 가지 결말밖에 없는 것 같았다.

이를테면 카이스트에서 한예종으로 진로를 틀었을 때 나는 내가 믿음의 도약을 했다고 생각했다. 그리고 부적응의 시간을 거치며 도약에 실패했다고 낙심했다. 어쨌든 나는 건너편에 안착하지 못했다. 기껏 뛰어올라 내가 생각해온 곳에 도착하지 못했다니, 이것이야말로 추락이고 끔찍한 실패인 것만 같았다.

지금의 나는 다르다. '믿음의 도약'이라는 말에서 절벽이 아닌 물가를 떠올린다. 비장하게 뛰어내리는 사람이 아니라 물에 첫발을 담그는 사람을 눈앞에 본다. 절벽이 아니라 넓게 펼쳐진 바다를 앞에 두었다면 물속으로 뛰어들 때 큰 결단이 필요하긴 해도 의외로 할 만하다. 순간적으로 바짝 마음을 굳게 다지면 된다.

하지만 그것만으로는 부족하다. 믿음은 도약 이후로도 끝나지 않고 계속되어야 하기 때문이다. 한 걸음 한 걸음 내디딜 때마다 물이 깊어지고 뜻밖의 해류를 만나 휘청이게 되더라도 언젠가 목적지에 도착하리라는 믿음을 간직할 때라야만 우리는 헤엄

치기를 멈추지 않을 수 있다. 그래서 '믿음의 도약'
에서 정말 중요한 것은 '도약'이 아니라 '믿음'이다.

쇼는 계속되어야 한다

2021년 설 즈음 '한겨울 지나 봄 오듯'이라는 전시명에 끌려 국립중앙박물관을 찾았다. 전시는 겨울과 봄, 두 축으로 이뤄져 인생의 고락(苦樂)을 표현했다. 겨울의 중심에는 추사 김정희의 세한도가 있었다. 세한도의 유래는 이러하다. 명문가에서 태어나 권력의 중심에 있던 김정희는 형조참판에 오른 이듬해, 55세의 나이로 제주도 유배형을 받았다. 제주에서도 가장 험하다는 대정 땅으로 유배지가 정해진 것도 모자라 가시울타리가 둘러쳐진 집에 갇혀 8년 3개월을 보내야 했다.

　제자 이상적은 김정희의 추락에도 스승을 대하는 태도에 변함이 없어 북경 학계의 소식이나 진귀한 서적들을 구해 꾸준히 제주로 보냈다. 이에 김정희는 논어 한 구절을 주제 삼아 그림을 그리고 글씨를 써 세한도라 이름 지은 후 장무상망(長毋相忘), 길이 서로 잊지 말자고 낙관을 찍어 제자에게 선사했다. 세한도의 모티브가 된 구절은 다음과 같다.

歲寒然後 知松柏之後凋
　(한겨울 추운 날씨가 된 다음에야 소나무와 측백나무가 시들지 않음을 알게 된다.)

세한(歲寒)은 설 전후의 매서운 추위를 뜻하니 김정희는 제자의 한결같은 심성을 추운 계절을 타지 않는 소나무와 측백나무의 푸르름에 빗대 고마움과 신뢰를 전한 것이다. 험지에서 인생의 세한을 보내고 있는 스스로에 대한 다짐과 단속의 의미도 있었으리라.

전시의 봄에 해당하는 파트는 풍속화 평안감사 향연도가 주축이었다. 박물관에 따르면 당시 평안감사 연봉이 현재 화폐가치로 치면 무려 65억 원이다. 그런 자리에 부임하는 날의 환영잔치를 기록했으니 봄 중의 봄을 그린 그림들이다. 평양 명소 세 곳, 연광정, 부벽루, 대동강에서 열린 성대한 축하연을 묘사한 그림 중 나는 월야선유도(月夜船遊圖), 달밤에 배를 띄워 노는 그림에서 눈을 떼지 못했다.

낮에 시작한 축하연이 해가 저물고 달이 뜨면 대동강에 배를 띄우고 계속되었다고 한다. 월야선유도 속 평양은 그야말로 불야성이다. 대동강에 배 수십 척을 띄우고 성벽과 강변에는 횃불을, 강에는 송진이 엉긴 관솔에 불을 붙여 두둥실 흘려 보내니 그림으로 봐도 장관이다. 중앙에는 가장 크고 화려한 누선(樓船)에 평안감사가 기세 좋게 앉아 있고 그 앞에 배치된 악사들은 풍악을 울리며 흥취를 돋운다.

찬찬히 그림을 훑던 시선이 모퉁이에 그려진 수수한 배 한 척에 멈췄다. 누각을 세우지도, 휘장을 두르거나 청사초롱을 밝히지도 않은 이 배에는 관솔이 수북이 쌓여 있고, 배에 탄 이들은 관솔에 불을 붙여 팔이 빠져라 물 위로 띄워 보낸다. 그제야 이 축하연도 하나의 커다란 공연이었다는 데 생각이 미쳤다. 그러니 저 배에 탄 사람들은 무대 스태프쯤에 해당하는 사람들이었나 보다.

그런 생각으로 바짝 다가가 그림을 보니 배에 탄 일곱 명 중에 작업을 감독하느라 여념이 없어 얼굴이 보이지 않는 자가 한 명 있다. 갓을 쓰지 않아 훤히 벗겨진 이마만이 드러났다. 떠내려가는 배 위에서도 꼿꼿이 서 있는 자세야말로 그가 배 위에서 느끼는 익숙함과 편안함을 단적으로 드러냈다.

'이 자가 무대감독이다.'

나는 확신했다. 동종 업계 사람들은 묘하게 서로를 알아보는 법이다. 즐겨 입는 옷 브랜드며 스타일, 잘 짓는 표정과 몸짓. 붙잡을 실마리는 많다. 극장 로비에서 서 있는 위치와 벽에 기댄 자세만 봐도 극장 스태프라는 정체를 알 수 있다. 화가를 위해 잠시 고개 돌릴 여유도 없이 관솔에 집중한, 스트레스로 머리가 벗겨진, 공연 진행에 방해가 될까 봐 훌러

덩 갓까지 벗어던진 이 사람이야말로 무대감독임에 틀림없다. 무대 앞에서 오케스트라와 무대 위 가수들을 지휘하는 사람이 지휘자라면, 무대 뒤에서 백스테이지 스태프들을 지휘하고 총괄하는 사람은 무대감독이다.

저런, 불을 쓰는 공연이라니. 고생이 많으셨겠네. 그래도 강변에서 진행됐으니 화재 위험은 덜했겠다. 강물에 흘려 보낸 관솔 불이 평안감사가 탄 배에 가 부딪쳐도 경을 칠 노릇이고 너무 뭉쳐지거나 드문드문하게 지나가 볼품이 없어도 경을 쳤을 텐데 그 속도와 간격을 어떻게 조절했을까. 본 공연 전에 리허설은 해보면서 유속을 파악해놓았을까? 아이가 든 관솔 불이 꺼질 경우를 대비해서 부싯돌은 당연히 챙겼겠지? 야외 공연인데 비가 왔어도 진행됐으려나? 만에 하나 배가 뒤집힐 경우를 대비해 여벌의 배와 관솔은 준비해놓았을까? VIP 관객인 평안감사가 배의 왼편을 볼 수도 있고 오른편을 볼 수도 있으니 양 옆으로 관솔을 실은 배가 두 척 포진했는데 두 팀은 무전기도 없이 어떻게 실시간으로 말을 전했을까? 극적인 효과를 최대화하기 위해 평안감사가 탄 배의 악사들과 관솔 불을 흘려 보내는 사람들 사이에는 미리 합을 맞췄을까?

부디 아무도 다치지 않고 무사히 마쳤기를. 퇴근길에 저잣거리에서 동료들과 뒤풀이 술 한 대접이라도 하셨으려나. 전전긍긍 준비하느라 밥도 제대로 못 자셨을 테니 주린 배를 채울 만한 안줏거리가 뭐라도 있었으면. 쓰러지기 일보 직전일 텐데 집에 들어가 며칠 푹 쉴 수 있는 여유가 허락됐으면. 그리고 매우 훌륭한 연회였다고, 준비하느라 수고가 참 많으셨겠다고 누군가 콕 집어 그에게 감사했기를.

그림 중앙에 그려진 알록달록 비단옷 차림의 평안감사와 그 무리가 아닌 한쪽 구석, 눈에 띄지 않는 무채색의 이름 없는 인물들에게 한참이고 시선을 주며 주변을 서성였다.

Brand in der Oper,
오페라 극장에서 일어난 화재

2006년 서울 예술의전당에서도 불 쓰는 공연 한 편을 제작했다. 내가 그걸 어떻게 아느냐면 당시 예술의전당 공연기획팀으로 막 발령 받은 신입사원 중 하나가 나였기 때문이다. 2005년, 나는 다니던 뮤지컬 회사를 그만두고 600대1이라는 치열한 경쟁 끝에 예술의전당으로 이직하는 데 성공했다. 발가락 하나로 열고 있던 문에 온몸을 밀어넣는 데 결국 성공했지만, 맞닥뜨린 뮤지컬 업계의 현실은 열악했다. 일을 열심히 하면 할수록 몸은 몸대로 축나고 돈은 돈대로 없어지는 희한한 현재를 사느라 한 치 앞의 미래도 보이지 않았다. 그래도… 하며 버틸 대로 버티다 끝내 제 발로 걸어 나왔다.

2006년은 모차르트 탄생 250주년이라 전 세계 공연계가 옳다구나 한마음으로 그의 작품들을 무대에 올렸다. 예술의전당 역시 그 시즌 가장 큰 프로젝트로 오페라 〈돈 조반니〉를 기획해 영국 로열오페라하우스(Royal Opera House, ROH)의 새 프로덕션을 대여했다. 로런스 올리비에 상을 세 차례나 수상한 프란체스카 잠벨로가 연출을 맡은 데다 무대와 의상을 맡은 사람이 무려 마리아 비욘슨이었다. 뮤지컬 〈오페라의 유령〉*을 본 사람이라면 비욘슨의 이름은 몰라도 객석을 향해 추락하는 거대한 샹들리에나 촛불로 뒤덮인 호수 위의 곤돌라 같은 압도적

* 〈오페라의 유령〉 후반에는 〈돈 조반니〉에서 영감을 얻은 오페라 〈돈 후안의 승리〉가 극중극으로 펼쳐진다. 유령은 돈 조반니, 즉 돈 후안(조반니는 후안의 이탈리아식 이름이다) 역할로 무대에 올라 크리스틴을 납치한다.

인 이미지들을 기억할 것이다. 가면무도회 장면에서 계단 위를 가득 채운 출연진들의 황홀한 의상도 거듭 회자되는 장관이다. 그 무대와 의상 디자인으로 토니 상을 받은 비욘슨이 〈돈 조반니〉를 맡았으니 스펙터클한 무대를 보게 되지 않을까 하는 기대가 컸다.

기대는 어긋나지 않았다. 무대 예산의 반을 이 장면에 쏟은 것이 아닐까 하는 생각이 들 정도로 잠벨로와 비욘슨은 오페라의 마지막 장면에 힘을 실었다. 희대의 바람둥이 돈 후안의 전설에 기반한 만큼 돈 조반니는 자신의 악업에 걸맞은 최후를 맞는다.

그의 악행은 막이 열리는 순간부터 시작된다. 돈나 안나를 겁탈하려다 실패한 것으로 부족해 그를 막아서는 돈나 안나의 아버지인 기사장(騎士長)을 칼로 찔러 죽인다. 싸늘한 주검에 "죽어도 싸다"고 막말을 쏟아붓고는 거리낌 없이 다음 여자를 찾아 길을 떠난다. 귀족, 하녀, 결혼식을 앞둔 농부의 약혼녀 등 온갖 여자를 유혹하던 이 난봉꾼 앞에 살해당한 기사장의 석상(石像)이 홀연히 나타나고, 조반니는 도리어 태연하게 그를 저녁 식사에 초대한다('제 무덤 제가 판다'가 바로 이럴 때 쓰라고 만들어진 표현이다). 실제로 식사 자리에 나타난 석상이 거듭 회개를 명하지만 조반니는 눈 하나 깜짝하지 않는다. 그러자 다음과 같은 일이 일어난다.

지문: 기사장이 사라진다. 도처에서 불꽃이
치솟고 돈 조반니의 발 아래 땅이
흔들리기 시작한다.

조반니는 두려움에 사로잡혀 영혼을 파고드는 공포의 불꽃을 노래하지만 이마저도 곧 지옥에서 마중 나온 악마들의 무자비한 합창에 뒤덮인다. 고통에 울부짖는 조반니, 두려움에 혼이 나가 절규하는 하인 레포렐로, 가차 없이 다가오는 악마들, 이 모든 음악이 d단조*로 사정없이 휘몰아치는 오케스트라에 얹힌다. 클라이맥스로 달려가는 음악과 드라마의 힘에 밀리지 않으면서 극을 한층 더 끌어올리려면 '도처에서 치솟는 불꽃'을 무대 위에서 어떻게 표현할 것인가. 이 모든 요소의 '아다리'가 맞아떨어지기만 하면 그 순간 오페라는 압도적이고, 또 압도적이어야만 한다. 관객의 머리털이 쭈뼛 설 정도로 극

---

* d단조는 모차르트가 마지막 작품 〈레퀴엠〉에서 사용한
   조성이기도 하다.

의 모든 요소가 한꺼번에 달려들어야 제대로 만든
〈돈 조반니〉다.

이 장면을 추상적으로 해석한 여타 프로덕션
과 달리 잠벨로와 비욘슨은 정면 승부를 택했다. 무
대 도처에서 진짜 불꽃이 치솟고 화염에 휩싸인 거
대한 손 모양 구조물이 무대 위를 이리저리 움직이
며 조반니에게 손가락질해댄다. 심지어 조반니는 맨
살을 드러낸 채다. 당시 나는 이 점을 홍보의 초점으
로 잡고 '지옥의 불길을 무대에서 재현한 영국 로열
오페라하우스 최고의 화제작'이라고 전단지 타이틀
을 뽑았다. 물론 메인 이미지는 치솟는 화염 앞에서
웃통을 벗어던진 채 노래하는 돈 조반니였다.

하지만 무대. 불. 댓츠노노. 성냥개비 하나도
조심하는 무대에서 활활 타오르는 지옥의 불길이라
니. 게다가 오페라의 마지막 장면에만 불을 쓰는 것
도 아니었다. 극의 중반에는 분노한 농민들이 타오
르는 횃불을 머리 위로 치켜든 채 조반니를 잡으러
무대 위를 종횡무진 뛰어다닌다.

극장 역사상 불과 얽힌 재앙이 얼마나 많았는
가. 오죽하면 〈오페라 극장에서 일어난 화재(Brand
in der Oper)〉라는 독일 드라마가 있다. 불이 일어날 수 있는 최적의 조건을 갖춘 곳이 극장이다. 뜨거운 무대조명, 복잡한 전기배선, 그리고 나무, 종이, 천 같은 인화성 물질 가득한 무대와 좁고 복잡한 백스테이지, 건조하고 먼지 많은 공기까지.

〈돈 조반니〉를 대여한 ROH만 하더라도 두 차례 화재에 극장을 새로 지어야 했고, 시카고의 이로쿼이 극장에서 발생한 화재는 무려 602명의 관객을 희생시켰다. 화재가 꼭 과거의 이야기만도 아닌 것이 바르셀로나 리세우 극장, 베니스 라 페니체 같은 유럽 일류 극장들도 1990년대에 큰 화재를 겪었다. 특히나 1996년 페니체 극장에서 일어난 불은 (그것도 물의 도시 베니스에서) 이미 세 번째 화재여서 아무리 이탈리아 극장이지만 이쯤 되면 음양오행설도 좀 알아보고, 그냥 극장 이름을 바꿔야 하지 않나 하는 생각마저 들게 한다. 페니체(La Fenice)는 이탈리아어로 불사조, 즉 죽는 대신 불타오르고 그 잿더미에서 재탄생하여 영원히 산다는 신화 속 새를 뜻한다.

소방법에 따라 무대에 반입하는 모든 물건에 방염 처리를 하고 무대에서 발생한 불이 객석으로 번지지 않도록 차단하는 방화벽이 무대 전면에 의무적으로 설치되어 있지만, 그럼에도 불구하고 정말

아차 하는 사이, 믿기지 않을 만큼 어이없게 극장 화재는 발생한다.

설혹 불이 금세 잡힌다 하더라도 천장 스프링클러에서 터져 나온 물에 오케스트라 피트 속 고가의 악기들이 젖기라도 하면, 또 소화 분말이 값비싼 무대 기계들 속으로 날아 들어가기라도 하면 물적 피해는 막심할 것이다. 게다가 어두운 공간에 다수의 사람들이 빽빽하게 몰려 있으니 인명 피해의 위험 역시 크다. 관객들이 초기의 화재를 극의 일부, 특수효과라고 착각해 초동 대응이 느린 것도 극장 화재의 특성 중 하나다.

게다가 공연 중 화재가 발생해 극장을 사용할수 없게 되면 해당 공연뿐 아니라 이후 공연들까지 줄줄이 취소해야 하니 그 여파가 일파만파로 번질수밖에 없다. 예술의전당 오페라극장 역시 〈돈 조반니〉가 공연된 이듬해, 오페라 〈라 보엠〉 공연 중 벽난로에 불을 지피는 작은 장면이 소방차 스물여섯대가 출동한 대형 화재로 번져 주무대가 소실된 뼈아픈 기억이 있다. 천만다행으로 인명 피해는 없었지만 예술의전당은 136억 원가량의 재산 손실을 감당하고 이후 1년간 예정되어 있던 모든 공연을 취소한 채 극장 재건에 매달려야 했다.

그런데 지옥불을 무대 위에 구현하겠다니! 연출가의 뜻이 정 그렇다면 우리는 화재에 대비한 만반의 준비를 하는 수밖에 없었다. 전례 없이 소방서에 협조를 요청해 공연이 진행되는 동안 소방차 한 대가 무대 뒤편에서 긴급 상황에 대비할 수 있도록 준비했다.

영화감독 장항준은 한 인터뷰에서 이런 주옥같은 말을 남겼다.

"이 불행이라는 게, 예측할 때는 오지 않아요. 불행은 인파 속에서 정면으로 다가오는 것이 아니고 우리가 들떠서 웃고 떠들고 있을 때 뒤로 다가와서 등에 칼을 꽂는 것이에요."

억울하게도 당시 우리는 웃고 떠들고 있던 것도 아닌데, 불행은 슬그머니 뒤로 돌아와 우리 등에 칼을 꽂았다. 모두의 시선이 다른 쪽에 집중한 사이 전혀 예상치 못한 곳에서부터 하나씩.

무대 뒤에서 일어날 수 있는 거의 모든 일들

사무실에 앉아 열심히 프로그램 책자를 만들고 있는데 선배가 사색이 되어 뛰어 들어온다.

"정원 씨, 난리 났어요."

"네? 뭔데요?"

"무대 세트가 사라졌어요."

"네?!"

무대가 사라졌다는 게 무슨 말인지조차 이해할 수 없었다. 그 커다란 세트가 어떻게? 자초지종은 이러했다. ROH는 무대 세트와 소품 일체를 컨테이너에 실어 공연이 시작되기 두 달 전 세계 1위의 해운회사, 덴마크 머스크(Mærsk)사 선박에 선적했다. 의상을 제외한 세트와 소품만도 대형 컨테이너로 여섯 개 분량이었다. 영국에서 출항한 운송선은 일정대로 부산항에 입항했고, 이후 화물차에 실려 예술의전당에 도착한 컨테이너들은 순조롭게 오페라극장 백스테이지까지 반입을 마쳤다. 이제 하나하나 열어 내용물을 꺼내고 목록에 맞춰 확인하는 절차를 밟을 수순이었다. 무대 세트 보증금을 까이지 않으려고 모든 과정을 철저히 기록에 남기겠다며 카메라를 들고 옆에서 대기하는 직원까지 있었다. 드디어 메인 무대가 든 컨테이너를 열었다. 사람들은 모두 그 자리에 얼어붙었다. 컨테이너 가득 폐휴지 더미가 들어 있었다.

지금처럼 모든 것이 디지털화되어 있지 않던 때인지라 사람이 손으로 적은 컨테이너 식별번호를, 여러 장의 먹지를 대고 한꺼번에 눌러 적어 희미해진 그 번호를 확인하려고 직원들은 둘러서서 서로 서류를 빼앗아가며 보고 또 보았다.

　　"야, 이리 줘봐. 네 눈에도 이게 6으로 보이냐? 이거 8273564 맞지? 8273584 아니지?"

　　누군가 식별번호를 잘못 기재하는 바람에 다른 컨테이너와 뒤바뀐 것이라면 바뀐 컨테이너를 찾아 우리 무대 세트를 가져오면 될 터였다. 일말의 희망에 매달려 급히 추적한 결과 뒤바뀐 컨테이너는 텅비어 있었다. 귀신이 곡할 노릇이었다. 이미 티켓 판매며 모든 홍보는 시작되었는데 이러다가는 공연 제작을 멈추고 환불을 준비해야 할 판이다. 공연이 예정대로 진행될 경우, 공연을 취소하고 환불을 진행해야 할 경우, 양쪽 가능성을 모두 열어놓고 무대 세트를 찾기 시작했다.

　　'내 첫 오페라는 올리기도 전에 이렇게 망하는 건가….' 잔뜩 의기소침해져 백스테이지 구석에 웅크리고 있는 신입 직원이 불쌍했는지 무대감독들이 다가와 등을 두드리며 위로를 건넸다.

　　"정원 씨, 정 안 되면 내가 응? 그까짓 세트 그

냥 처음부터 만들어줄게 걱정하지 마. 그거 뭐 어려워요? 며칠 밤새면 그거 하나 못 만들겠어? 아휴, 야! 야! 공연은 무-조-건- 올라가. 무조건 올라가게 되어 있어. 무조건 올라가니까 무대는 걱정하지 말고, 정원 씨는 표나 잘 팔고 있어요."

멍하니 그들을 쳐다보았다. 이 사람들은 뭘 믿고 공연이 무조건 올라간다고 호언장담하는 거지? 내가 모르는 비책이라도 숨기고 있는 건가. 하지만 그들의 호언에는 허세 이상의 당당한 기세가 보였고, 그 자신감에 나도 이내 설득되고 말았다. '뭔가 방법이 있나 보다.' 믿는 것 말고는 딱히 다른 방도가 있는 것도 아니었다. 믿었기에 계속 나아갈 수 있었다.

간신히 추적한, 진짜 무대가 든 컨테이너는 뜬금없이 중국 변방의 한 물류창고에서 발견되었다. 위치를 파악했으니 가져오면 될 것 아니냐 생각했지만 그게 그렇게 간단하지 않았다. (기록상) 아무것도 들어 있지 않은 상태로 중국 물류창고로 입적한 컨테이너가 갑자기 무엇인가(무대 세트)로 꽉 차 통관 절차를 거치게 되면 밀반출로 간주된다는 것이다. 급히 외교부로 자초지종을 설명하고 협조를 요청하는 공문을 보냈다. 여러 사람이 애쓴 덕에 마침내 세관 문제가 해결되고 이젠 진짜 들고 오기만 하면 됐다. 그런데 시간이 없었다. 배로 운반했다가는 공연이 끝나고 도착할 판이다. 비용은 나중 문제고 일단 비행기에 실어!

무대 셋업, 드라이 리허설, 테크 리허설, 드레스 리허설 등등 줄줄이 잡힌 스케줄을 생각해서 역으로 계산해보면 시간이 맞는 비행 편이 딱 한 대밖에 없었다. 그런데 또 문제가…. 무대가 너무 커서 비행기에 실리지 않는다. ROH에서 파견한 매니저가 사태를 파악하기 위해 급히 중국으로 날아갔다.

"자릅시다."

그는 자신의 권한으로 무대 세트를 세 조각으로 자르기로 결정했다. 그렇게 잘린 무대는 비행기에 실려 무사히 한국에 도착했고, 무대 스태프들은 며칠이고 밤을 새서 반으로 잘린 무대 세트를 용접해 다시 이어 붙였다. 사람이 벽에 매달리고, 기어오르고, 끊임없이 회전하고 움직이며 안과 밖을 골고루 써야 하는 복잡한 세트였으니 급하다고 허투루했다가 인명 사고로라도 이어지면 큰일이었다.

그런데 역시 불을 쓰는 장면이 있으니 무대가 그 앞뒤로 까다로웠다. 연출에 따르면 조반니가 지옥으로 떨어지는 것과 동시에 천장에서 흰 막이 내려와 무대 전체를 가리고, 출연진은 막 앞의 좁은 공간에서 극을 마무리 짓는다. 그런데 이 천이 가벼운 재질이라 바닥으로 툭 떨어지지 않고, 직전까지 사용한 불에 데워진 공기를 따라 계속 펄럭이며 무대를 훤히 노출시켰다. 무대 위 불꽃들이 꺼지는 시점과 천이 떨어지는 시점 또한 합을 잘 맞추지 않으면 천에 불이 붙을 우려마저 있었다. 특수효과팀과 무대팀이 천을 떨어뜨리고 다시 말아가며 몇 차례나 리허설을 해야 했다.

리허설을 지켜보던 영국 스태프 M이 갑자기 쓰러졌다. 달려가보니 이마가 찢어지고 피가 흥건하게 흘렀다. 천장 그리드에서 떨어진 나뭇조각에 머리를 맞은 것이었다. 무대 위에 조명이나 각종 무대 장치를 설치하는 그리드는 4층 객석보다 높아 나사 하나도 함부로 올려놓으면 안 되는 곳이다. 그런데 누군가 부주의하게 사람 손바닥만 한 나무조각을 놓아두었고 흰 막을 고정시키는 바톤이 계속 움직이는 통에 이 나뭇조각이 떨어진 것이었다. 있어서는 안 되는 일이었다.

M은 피투성이가 되었다. 급히 구급차가 호출되고 내가 병원까지 따라가게 되었다. 재빨리 구급차에 올라탔다. "이제 출발하셔도 됩니다!" 조수석

에 앉아 운전석의 구급대원에게 말하고 힘차게 문을 닫자마자 문이 다시 벌컥 열리며 또 다른 구급대원이 말했다.

"아가씨, 내려요. 거기 내 자리예요."

"네? 저도 병원 같이 가야 하는데요?"

"뒤에 환자랑 같이 타야죠."

구급차를 처음 타봤다. M의 급한 응급처치를 끝내고 돌아오자 이번에는 이탈리아에서 온 레페티투어* G가 복통을 호소했다. 식중독이었다. 그를 데리고 다시 한밤중에 병원 응급실을 향했다. G와 직접 소통하던 어린 인턴의 짧은 영어를 답답해하던 레지던트는 인턴 대신 나에게 통역을 부탁했다.

"이렇게 물어봐주세요. 배가 꾸룩꾸룩 아파요, 사르르르 아파요?"

간신히 첫 공연날을 맞았다. 그간의 우여곡절에도 불구하고 공연은 순조롭게 진행되어 드디어 클라이맥스를 향해 치닫고 있었다.

---

* répétiteur. 리허설 때 피아노 반주를 맡는 한편 지휘자의 음악적 지시에 따라 가수들의 보컬 코치 역할을 담당하는 사람.

누군가 문을 두드리는 소리에 조반니가 묻는다.
"누구냐!"

겁에 질린 하인 레포렐로가 주인에게 문을 열지 말라 간청하지만 조반니는 그를 뿌리치고 손수 문을 열어젖힌다. 이제 조반니를 벌하러 온 기사장이 자욱이 번지는 포그(연기)와 함께 지하에서 승강(昇降) 무대를 타고 등장할 차례다. 오케스트라가 극적인 불협화음을 연주하는 그 순간 기사장에게 스포트라이트가 떨어질 것이다. 모차르트의 모든 오페라 중 '가장 인상 깊은 등장'이라 칭송 받는 장면이다.

바닥이 열리고, 기사장이 천천히 솟아오른다. 그런데 기사장을 천천히 위로 밀어 올리던 승강기가 갑자기 멈춰 섰다. 기사장은 초자연적 존재이니만큼 도덕적으로나 물리적으로나 조반니보다 높은 위치에서 그를 지옥으로 끌고 내려가야 한다. 그런데 기사장의 허벅지까지만 무대 위로 올라온 시점에서 승강기가 멈춘 바람에 짜리몽땅한 기사장이 조반니를 올려다보며 회개를 명하는 모양새가 되었다. 그보다 순간 관객이 사고를 인지하여 '어?!' 하며 극에서 깨어나 현실 세계로 돌아오는 게 더 큰 문제였다.

하지만 극은 계속 진행중이니 깊이 생각할 시간 따위 없다. 클라이맥스에 가까워졌다. 오케스트라의 음악이 점점 빨라지며 커져간다. 악보를 넘기는 무대감독의 손이 바빠지고, 동시다발적으로 각 무대 파트에게 큐 사인을 보내기 시작했다.

"특수효과, 불기둥1 준비해주세요. 포그 준비해주세요. 상부(무대 위쪽), 불손 준비해주세요."

이제 곧 돈 조반니가 마지막으로 참회를 거부하면 기사장이 '네 시간이 다 되었다'라고 선언하고 한 손을 번쩍 치켜들 것이다. 세 마디 전이다.

"불기둥1. 스탠바이."

기사장이 손을 움직이기 정확히 한 박자 전, 무대감독이 짧게 외쳤다.

"고!"

…아무 반응이 없다. 무대감독은 침착하게 다시 외쳤다.

"불기둥1, 고!!"

무대가 온통 화염에 뒤덮여야 하는데 공연 전 프레스 리허설까지만 해도 멀쩡하게 잘 터진 불기둥에서 쉭 쉭, 가스 분출되는 소리만 요란하다. 그마저도 이내 조용해졌다. 어, 뭐야. 불 왜 안 나와.

"특수효과, 특수효과. 지금 불 나올 큐입니다. 불 나와야 합니다! 불이요, 불!"

애타게 불을 외치는 무대감독의 톤이 빨라지고

높아졌지만 소용이 없었다. 무대 뒤 여기저기에 서 있던 스태프들 입에서 (차마 옮겨 적을 수 없는) 거친 욕설들만 나지막이 새어 나왔다. 조반니는 불구덩이에 휩싸이지 않고, 무대 뒤에서 지켜보던 스태프들만 절망에 휩싸였다.

겸연쩍게 웃통을 벗은 셈이 되어버린 조반니와 영 권위가 살지 않는 기사장은 지옥불이 타오르지 않는 지옥이란 새 콘셉트에 맞게 무대 위에서 즉흥 연기를 펼치고 있었다.

할 수 없어, 버리고 가. 다음 큐.

무대감독은 다시 평온을 되찾은 목소리로 사인을 보냈지만 그의 손은 관절이 하얗게 드러나도록 악보를 꽉 움켜쥐었다. 이제껏 상부 파트는 불꽃이 꺼지는 타이밍에 맞추어 막을 떨어뜨리기로 약속하고 연습했으니, 무대감독이 보다 명확히 지시를 내려야 했다. 무대감독이 속사포 같은 속도로 일련의 큐를 뱉어냈다.

"불손, 스탠바이. 조명2, 전환 준비. 하부 리프트, 리프트 하강 준비해주세요. 이어서 상부, 리프트 하강 끝나기 전에 바로 흰 막 떨어집니다. 끝나기 직전입니다. 준비해주세요. 하부 고! 불손 고! 조명2 고! 상부- 고!!"

이어지는 암전. 그렇게 쇼는 계속되었다. 공연은 열 시를 훌쩍 넘어 끝났고 무대 위로 박수갈채가 쏟아졌다. 그러나 백스테이지의 무대감독은 신경질적으로 악보를 탁 덮었다. 마지막 관객이 극장을 나서자마자 뒤에서 초조하게 대기하고 있던 스태프들은 우르르 무대 위로 몰려들어 재점검에 돌입했다. 공연이 끝난 늦은 시간 텅 빈 극장은 한여름에도 오소소 소름이 돋을 만큼 싸늘하고 적막하다. 그날 밤, 작업등만 켜진 서늘한 무대에서 왕왕 울려 퍼지는 목소리로 서로 신호를 주고받으며 몇 번이고 불꽃을 시험하는 무대 스태프들의 실루엣은 처연해 보이기까지 했다.

반복된 점검 덕에 2회차부터는 아무 문제 없이 공연이 진행되어 다들 한숨을 돌렸다. 그런데 전설의 야구선수 요기 베라가 남긴 명언이 하나 있다. "끝날 때까지는 끝난 게 아니다." 경기가 끝날 때까지 아직 기회는 있다는 뜻이지만, 이 말을 뒤집으면 마지막 공연이 끝나고 막을 내릴 때까지 사고에게도 기회는 있다는 뜻이 된다.

드디어 일요일, 마지막 공연을 앞두고 무대감

독은 무대 하수*의 SM(stage manager) 데스크에 앉아 최종 점검에 여념이 없었다. 무대감독이 공연 내내 지시를 내리는 장소, SM 데스크는 무대 위의 마술이 벌어지는 작은 공간이다. 암흑 같은 백스테이지에서 SM 데스크 위로 환하게 켜진 노란 불빛을 보면 가끔 등대 같다는 생각을 했다. 배가 길을 잃고 좌초하지 않도록 이끌어주는 등대 말이다.

"공연 시작 30분 전입니다. 상부 기계실 계신가요?" 등대가 물었다.

"네, 상부 준비되었습니다."

하부, 조명 등 모든 파트의 점검을 이어갔다. 이어 조연출에게 출연진의 분장 상태를 체크하니 창백해진 조연출이 조심스럽게 다가왔다. 기사장 역의 베이스가 그때까지 분장 받으러 나타나지 않았다고 실토한다. 〈돈 조반니〉는 모든 주요 배역이 더블 캐스팅이었지만 하필 기사장 역만은 한 명의 성악가가 모든 공연을 책임졌다.

"뭐?! 지금 세 시 반이에요! 잠깐만. 지금 하우스 오픈해야 합니다." 조연출에게 잠시 기다리라 손

---

* 하수: 객석에서 봤을 때 무대 왼편. 미국식으로는 무대에서 봤을 때 무대 오른편이라 stage right라고 표현한다.

짓하고 일련의 큐 사인을 내보내기 시작했다.

"공연 30분 전, 공연 30분 전입니다. 상부, 하부, 기계실, 프리셋해주시고, 상부, 하우스커튼 내려주십시오. 하부, 오케스트라 피트 내려주세요. 조명실, 객석 조명 부탁드립니다. 하우스매니저님, 관객 입장 준비되었습니다. 입장시켜주셔도 됩니다. 음향실, 하우스 오픈 멘트 내보내주세요."

이어 전 스태프와 출연진에게 객석이 열리고 관객이 입장하기 시작했다고 알렸다. 이는 관객에게 존재를 드러낼 수도 있는 행동을 삼가라는, 즉 일체 소리를 내지 말라는 이야기다.

"하우스 오픈했습니다. 하우스 오픈했습니다."

그리고 헤드셋을 벗어던진 후 조연출에게 낮은 목소리로 묻는다. "기사장 언제 나와? 야, 걔는 막 올라가자마자 나오잖아. 아니지, 서곡 있으니까 5분 더 있다. 1, 2분 늦춰줄 수 있으니까 4시 6분까지는 스탠바이 마쳐야 합니다. 36분 남았어요. 얼른 뭐라도 방법을 찾아요!"

뒤늦게 기사장에게 연락이 닿았지만 그가 36분 안에 극장에 도착하는 건 불가능했다. 앞서 진행한 3회 공연 모두 저녁 일곱 시 반에 시작했던 탓에 마지막 일요일 공연도 마찬가지려니 했던 모양이다.

"선생님! 일요일 공연은 네 시 시작입니다!!!"

울먹임에 가까운 조연출의 절규가 들려왔다. 뭐래? 어디래? 제시간까지 못 온대? 통화 내용을 짐작한 사람들이 여기저기서 술렁거렸다. 아아, 결국 이렇게 한 번은 공연이 취소되는구나 절망에 빠져 있는데 무대감독의 침착한 목소리가 무전으로 들려온다.

"15분 전, 공연 시작 15분 전입니다. 공연 시작 15분 전입니다."

그때다. 다들 사색이 되어 우왕좌왕하는 사이로 누군가 조용히 앞으로 나선다. 마제토 역으로 전날 공연을 끝낸 A팀의 가수 K다. B팀 동료들을 응원하러 출연자 대기실을 찾았다가 이 난감한 상황을 본 것이다. 그렇지! 마제토도 베이스다, 베이스야! 게다가 K는 과거에 기사장 역할을 노래한 경험이 있다고 했다. 천우신조였다. 자기 이름 걸고 노래하는 프로 가수가 전혀 준비되지 않은 역으로 무대에 서겠다고 나서기 쉽지 않을 텐데, 모른 척하지 않고 나서주다니 엎드려 절이라도 하고 싶은 심정이었다.

"뭐해? 어서 선생님 분장실로 모셔! 악보! 악보!! 누가 악보 하나 빨리 가져다드려!"

K를 급히 분장실로 데려가 의자에 앉히고, 분

장 받으며 음악과 이탈리아어 가사를 외울 수 있도록 악보를 떠안겼다. 분장을 마치자마자 조연출이 그를 낚아채 커튼이 내려진 무대 위로 올라 객석에 소리가 퍼지지 않도록 나지막한 목소리로 극의 진행에 따른 동선과 액션을 황급히 알려줬다. 그리고 백스테이지 한쪽으로 옮겨 조반니와 짧게나마 칼 싸움합을 맞췄다. 소품이지만 칼을 들고 격렬한 싸움을 벌여야 하니 자칫하면 다칠 수도 있기 때문이다.

공연 5분 전.

"하우스매니저님, 공연 시작 5분 전입니다. 하우스 상황 알려주십시오."

"관객 입장 원활해서 정시 시작하셔도 될 것 같습니다."

"네, 감사합니다. 음향실, 공연 5분 전 종 내보내주십시오. 공연 시작 5분 전입니다. 공연 시작 5분 전입니다."

조연출이 오페라 초반 출연진을 콜한다.

"레포렐로, 돈 조반니, 돈나 안나, 기사장, 돈 오타비오, 무대 옆에 대기해주십시오. 공연 곧 시작합니다."

무대감독은 각 파트를 일일이 호출하며 마지막으로 인터컴 상태를 확인한다.

"공연 시작 3분 전입니다. 공연 시작 3분 전입니다. 오케스트라 피트, 지휘자 도착하셨어요?"

"네, 스탠바이 중이십니다."

"공연 시작 30초 전입니다. 하우스매니저님, 하우스 상황 알려주십시오."

"네, 마지막 관객 입장하셨습니다."

"조연출님, 출연진 모두 스탠바이 되셨나요?"

조연출의 시선이 악보를 미친 듯이 넘겨가며 중얼거리는 기사장, 아니 기사장으로 분장한 마제토 K의 얼굴에 닿았다. 긴장한 표정이 역력하다. 이런 때는 무대 위의 동료들이 그를 이끌고 도울 것이다. 그들을 믿고 가는 수밖에 없다. 무대 뒤 사정이야 어떻든 간에 기사장의 대사처럼 "네 시간이 다 되었다." 막을 올려야 한다.

"네, 모두 스탠바이 됐습니다."

무대감독이 다시 한 번 로비를 체크하고 사인을 보낸다.

"네, 〈돈 조반니〉 4월 23일 일요일 공연, 마지막 공연 시작하겠습니다. 공연 시작합니다. 객석 조명 딤(dim)해주시고 음향실, 안내방송 내보내주십시오. 조명, 지휘자 핀(pin) 주십시오. 핀아웃. 조명, 큐3 진행해주십시오."

객석 조명이 천천히 어두워지고 무대 뒤 상, 하수 사이드라이트마저 꺼지며 무대 위 조명이 환하게 밝아온다.

"상부, 하우스커튼 스탠바이."

무대감독이 지휘자 보면대에 설치된 그린라이트를 켰다. 모두 준비되었으니 공연을 시작해도 좋다는 뜻이다. 지휘자가 힘차게 지휘봉을 들어올린다. 지휘자를 비추는 모니터를 뚫어져라 지켜보던 무대감독은 지휘봉이 올라가자 짧게 외친다.

"상부, 고!"

익숙한 서곡이 오케스트라 피트에서 흘러나오며 동시에 무대를 가리고 있던 하우스커튼이 스르르 열렸다. 쇼타임.

공연이 시작됐다. 일단 시작은 했다. 그러나 무대 뒤 스태프들은 초조했다. 2막 클라이맥스에서 기사장의 역할은 1막보다 중요하고 출연 시간도 훨씬 길다. 즉 마제토 K가 외워야 할 가사와 음악이 많다.

다행히, 2막, 자신의 등장 순서 전에 사색이 된 기사장이 헐레벌떡 극장으로 뛰어 들어왔다. 기사장 차림으로 필사적으로 악보를 외우고 있는 마제토 K에게서 의상을 벗겨 진짜 기사장에게 입혔다. 결국 관객은 중간에 가수가 바뀌었다는 것을 눈치채지 못했고, 지옥불은 활활 타올라 조반니는 무사히 지옥에 떨어졌으며, 스태프들의 속은 타오르다 못해 재투성이가 되었지만, 어쨌든 공연은 무사히 끝났다. 공연이 잘 끝났으니 다 된 거다. 스태프들끼리 바쁘게 자축의 인사를 나누는데 무대감독 한 명이 나에게 넌지시 다가와 위로와 축하의 뜻으로 이렇게 말했다.

"정원 씨, 오페라 공연에서 일어날 수 있는 모든 사고가 이번 오페라에서 일어났으니까, 앞으로 어떤 오페라 무대 맡더라도 놀라진 않을 거야."

웃어야 할지 울어야 할지 갈피를 잡을 수 없어 웃음과 악수로 얼버무렸다. 무대감독의 이 짧은 문장이 오랜 연륜과 공력의 결과물이라는 것을 깨닫는 데 긴 시간이 필요하지 않았다. 〈돈 조반니〉에서, 이후 몇 편의 오페라를 제작하며 (원치 않은) 하드 트레이닝을 받은 덕에 나는 큰일이 터졌을 때 놀라기보다 침착해지는 테크닉을 몸에 익혔다. 일상생활에서 참 쓸모가 많은 삶의 기술이다. 이미 일어난 일을 어쩌겠는가. 놀랄 시간을 아껴 냉정하게 수습할 방법을 찾는 편이 낫다. 공연이 끝나고 떠난 휴가에서 나는 위스키 한 병을 사와 〈돈 조반니〉 백스테이지를 지휘한 무대감독에게 스윽 건넸다. 수고 많으셨다고, 감독님 덕분에 이만큼 좋은 공연 만들었다고.

쇼는 계속되어야 한다

The show must go on. 쇼는 계속되어야 한다. 내버려두어도 알아서 쇼가 계속된다면, 쇼가 아무 문제 없이 진행되는 것이 정상이고 기본값이라면 이런 말이 애초에 왜 생겼겠는가. 그때 그 〈돈 조반니〉만큼은 아닐지 몰라도 예상 밖의 일이 일어나지 않는 공연은 드물다. 그래서 예상치 못한 일이 생길 것을 늘 예상하고 있어야 하는 곳이 무대이고, 돌발 상황에 흔들리지 않는 멘털과 유연하게 대처할 수 있는 능력이 스태프건 배우건 무대로 밥 먹고 사는 사람들에게 요구되는 덕목이다. 예상치 못한 일이 생겼을 때 망연자실 손을 놓고 있을 수는 없다. 놀란 가슴을 쓸어내리는 것은 공연이 끝난 후로 미뤄두어야 한다. 왜냐면 쇼는 계속되어야 하기 때문이다. 말장난 같지만 그게 그렇지 않다.

준비가 되었든 아니든, 비록 완벽하지 않더라도 시간이 되면 막은 올라가야 하고 공연은 시작되어야 한다. 도망칠 수도 없고 늦출 수도 없는 것이 시간이다. 카드 돌려 막듯 임기응변으로 상황을 모면해야 할지라도 막은 올리고 봐야 한다. 그리고 막이 오른 공연은 반드시 끝까지, 마지막 음표까지 불러야 무대에서 내려올 수 있다.

쇼가 계속될 수 없을 때 남는 선택지는 환불뿐이다. 그 결과를 생각하면 어떻게든, 무슨 수를 써서라도 쇼가 지속되게 할 방법을 찾기 마련이다. 그리고 환불조차 결코 쉬운 일이 아니다.

2017년, 영국 로열오페라하우스에서 베르디의 〈돈 카를로〉 마지막 공연을 기다리던 중이었다. 시작이 늦어진다 싶더니 결국 무대 위로 스태프가 올라왔다. 스태프가 무대 위로 올라온다는 것부터 징조가 좋지 않다. '~하고 ~해서 양해를 구한다'라는 내용을 전달할 때 말고는 존재를 드러낼 일이 없는 사람들이 무대 뒤 스태프다.

아니나 다를까. 주연 엘리자베타 역의 소프라노 크리스틴 루이스가 건강상 이유로 부득이 한 시간 전에 공연을 취소했는데 대신할 가수를 구하지 못해 공연 자체를 취소할 수밖에 없단다. ROH 같은 극장이 커버*조차 준비해놓지 않았단 말인가? 그럴

* 일정 규모를 넘는 공연들은 주요 배역이 피치 못할 사정으로 무대에 서지 못할 경우를 대비해 커버 배우를 배정해 리허설부터 참여시킨다. 그들은 여차하면 즉시 무대에 투입되어야 하기 때문에 공연이 시작되면 극장에서 일정 거리 내에 있어야 한다는 계약 조항이 있을 정도다.

리가. 크리스틴 루이스가 이미 커버였다. 즉 원래 엘리자베타 역을 맡았던 소프라노가 취소한 공연을 커버인 루이스가 맡아 잘해오고 있었는데, 마지막 공연에서 그녀 역시 취소할 수밖에 없는 상황이 된 것이다.

수백 명이 몇 달을 달라붙어 만든 작품이 그렇게 허무하게 취소되었다. 실력이 대등한 톱 레벨 가수를 다섯 명이나 찾아야 하는 〈돈 카를로〉는 극의 성질 면에서나 규모 면에서나 쉽게 볼 수 있는 작품이 아니다. 동시에 터져 나온 2천여 명의 한탄과 가벼운 저항이 극장을 가득 채웠다. 그러나 이야기는 그렇게 맥없이 끝나지 않았다.

당시 ROH는 더할 나위 없이 우아한 결단을 아주 신속하게 내렸다. 그들은 내부적으로 쇼를 취소하기로 결정한 후부터 예정된 공연 시작 시간까지 주어진 한 시간 동안, 아니 단 한 시간 만에 〈돈 카를로〉의 하이라이트를, 그것도 엘리자베타의 부재가 크게 문제되지 않으면서 동시에 주요 인물들의 아리아를 두루 선보일 수 있는 장면들만 선별해서 한 시간이 조금 넘는 갈라 공연을 만들어냈다.

조명, 무대, 소품, 의상, 음악, 연출, 모든 파트가 극의 전체를 보는 동시에 구석구석까지 완벽히 파악하고 있지 않으면, 또 서로가 서로를 신뢰하고 의지할 수 없다면 불가능한 조처였다. 막과 막 사이에 무대 세트는 어떻게 움직여야 하는지, 변화된 세트에 따라 인물들의 등퇴장 동선은 어떻게 바뀌는지, 인물이 의상과 분장을 바꾸지는 않는지…, 수십 번은 연습했을 유기적 흐름을 거꾸로 뒤집고 되짚어 풀어내야 할 부분이 한두 군데가 아니기 때문이다.

그날 공연은 풀하우스(전석 매진)에 가까웠는데 ROH는 최고가 245파운드, 약 40만 원에 해당하는 티켓 2천여 장을 전액 환불해주는 동시에 시간과 노력을 들여 극장을 찾아온 관객에게 고마움과 사과의 표시로 특별 공연을 무료로 선사했다. 어찌 됐든 공연을 무대에 올렸으니 출연진, 연주자 출연료도 지불해야 했을 것이다. 그 결과 하룻밤에 수억대의 손해를 감수해야 했을 텐데 그런 결정을 단호하게 선택하고 유연하게 실행할 수 있다니, 현장에서 지켜보면서도 믿을 수가 없었다. 로열오페라하우스 역사에서도 처음 있는 사건이었다는데 말이다.

갈라 공연은 기립박수가 터져 나올 만큼 훌륭했다. 세상에, 이런 상황에서 나름의 극적 클라이맥스까지 계산한 무대였다니. 그때까지 ROH가 만든 수많은 공연을 감상했지만 어떤 명작보다도 임기응

변으로 만든 이 공연에서 그들의 진정한 저력을 뼈저리게 느꼈다.

그래서 부러웠다. 쓴 입맛만 쩝쩝거리며 오래다셔댈 정도로 아주 많이 부러웠다. 급박한 순간, 그런 결단을 내리고 책임을 떠안는 최고결정자가 조직에 있다는 게 부러웠다. 또 그 조직이 그런 묵직한 결정을 실현할 수 있는 재정적, 기술적 능력을 갖추고 있다는 것이 못내 부러웠다.

여담이지만 심지어 다음 날 도니제티의 〈사랑의 묘약〉 공연 중 갑자기 화재경보가 울리는 바람에 건물 전체, 관객뿐만 아니라 스태프, 분장과 의상을 갖추고 있던 출연진까지 모두 극장 밖으로 30분간 대피했다니 그쪽 극장 사람들 공연 끝나고 퇴근길에 삼삼오오 펍에 모여 맥주잔 너머로 너털웃음 좀 터트렸으리라.

'쇼는 계속되어야 한다'는 문구는 그러니 인생의 험지에 놓이게 됐을 때 수습할 길을 찾으라는 명령일 수도 있고, 스스로에 대한 다짐과 단속일 수도 있다. 굳이 세한도의 모티브 "한겨울 추운 날씨가 된 다음에야 소나무와 측백나무가 시들지 않음을 알게 된다"를 빌려 표현하자면 "사고가 터진 다음에

야 쇼는 계속되어야 함을 알게 된다" 혹은 "사고가
터진 다음에야 쇼를 계속할 수 있는 힘이 내게 있음
을 알게 된다" 정도가 될 것이다.

그리고 이 글에 부제를 단다면 '백스테이지 스
태프들에게 보내는 러브레터'라 쓰고 싶다. 오늘도
극장 이곳저곳에서 관객 눈에 띄지 않게 검은 옷을
위아래로 입고 묵묵히 자신들의 쇼를 계속하고 있을
이들에게 깊은 존경과 애정을 담아 이 글을 쓴다.

모두를 위한 무대

침대에 누워 멍하니 천장을 응시했다. 그간 봐온 숱한 공연들에서 받은 온기와 위로, 웃음을 헤아려보았다. 평생 모아온 공연의 기억들은 이제 나의 일부다. 그런데 내 의지와 무관하게 이 공연들로부터 철저하게 배제되어 평생을 살아야 한다면 내 삶은 어떤 모양새를 갖게 될까. 구미에 맞는 공연을 고르고 티켓을 구매하고 공연장 좌석에 앉는 일련의 행동들이 모두 넘어야 할 산이 되어 번번이 나의 한계를 상기시키면 어떻게 해야 하나. 이런 생각들에 오싹해진 건 피에트로 마스카니의 단막 오페라 〈카발레리아 루스티카나〉를 관람한 날이었다.

'저 사람은 뭐지?'

오케스트라가 전주곡을 연주하는 중에 한 여성이 로열오페라하우스 무대 위로 조심스레 걸어 들어왔다. 수수한 검은 원피스 차림의 그녀는 배경에 녹아들기 위해 온몸으로 노력했고, 그런 그녀의 태도가 오히려 내 시선을 잡았다. 존재감을 숨기려 애쓰며 무대로 올라오는 예술가가 어디 있는가. 어리둥절해 있는데 "오, 롤라, 눈처럼 하얀 그대여", 무대 뒤에서 투리두의 아리아가 들리기 시작하자 그녀가 돌변했다. 격렬하게, 그렇다, 격렬하게 손과 얼굴 근육을 움직이기 시작했다.

그녀는 수어 통역사였다. 청각장애와 오페라? 한 번도 이 두 단어를 연결해서 생각하지 않았다. 한 공간에서 만난 경험은 더더욱 없었다. 눈으로 직접 보면서도 쉽게 받아들여지지 않아 '하지만, 어떻게?'라는 생각밖에 들지 않았다.

그러니까 이론적으로 그녀는 노래의 가사뿐 아니라 가수, 오케스트라가 만들어내는 음악까지 모든 청각신호를 시각신호로 전환해야 했다. 오페라 가사는 무대 위에 설치된 자막으로도 어느 정도 도움받을 수 있을 것 같았다. 하지만 음악은? 무대 위에서 진행되는 오페라와 수화를 계속 지켜보자니 이 사람이 손짓에 더해 머리나 상체의 움직임, 표정과 입 모양 등으로 언어의 의미뿐 아니라 화자의 감정, 나아가 오케스트라 음악 소리까지 묘사한다는 것을 깨달았다. 여러 가수가 동시에 혹은 빠른 순서로 번갈아가며 노래하기도 하는 음악극에서 일반인은 음색의 변화 같은 '소리'로 자연스럽게 화자를 구분한다. 통역사는 이런 필수 정보 역시 미세하게 몸의 방향을 트는 식으로 전달했다. British Sign Language(BSL), 영국수어가 제공되는 공연을 처음 접한 날이었다.

〈카발레리아 루스티카나〉는 1880년대 이탈리

아 시칠리아의 평범한 마을에서 부활절 하루 동안 일어나는 치정극을 다룬다. 시골 기사 혹은 촌스러운 기사 정도로 해석될 냉소적인 제목이 내용과 톤을 잘 요약한다. 투리두에게는 자기 아이를 임신한 산투차가 있지만 이미 유부녀가 된 옛 애인 롤라를 잊지 못해 관계를 이어간다. 부활예배 전 투리두를 기다리던 산투차는 그에게 모욕적인 대접을 받자 이판사판, 롤라의 남편 알피오에게 둘의 불륜을 알린다. '비바람 치는 궂은 날씨를 뚫고 당신이 정직하게 생계를 꾸려가는 동안 롤라가 당신 집을 사창가로 만들었답니다!' 알피오는 복수를 맹세하며 결투를 신청하고 투리두는 그런 그의 귀를 물어뜯는다. 시칠리아 전통에 따라 죽음까지 가보자는 대답이다. 이어 투리두가 살해당했다는 비명이 들려온다.

영화 〈대부3〉의 마지막 40분, 마피아들 간의 가차 없는 숙청과 뒤얽혀 나란히 진행되는 무대 위 오페라가 바로 이 작품이라고 소개하면 극의 분위기가 좀 더 와닿을 것이다. 특히 시칠리아의 마시모 오페라극장 앞에서 펼쳐지는 총격 장면부터 영화의 엔딩으로 이어지는 간주곡 〈인테르메조〉는 드라마 〈빈센조〉에서도 이탈리아 마피아 출신 주인공의 등장 신에 종종 쓰였어서 귀에 익을 법하다.

내용도 음악도 워낙 격정적인 작품이라 통역사는 온몸으로 극중 인물들의 감정이 담긴 대사와 음악을 전달해야 했다. 그녀는 음악에 녹아든 감정들을 풍부한 얼굴 표정, 손짓, 몸짓 같은 시각정보로 전환하여 다시 음악을 그려냈다. 등장인물들이 느끼는 온갖 감정들—추잡한 과거도 다 품을 수 있으니 돌아오기만 하라는 애절한 사랑, 응답 받지 못한 사랑에서 태어난 깊은 증오, 죽음을 불사하는 뒤틀린 명예심 등—을 단 한 사람이 얼굴과 몸짓으로 표현해내는 모습은 그 자체로 무대 위 오페라만큼 매혹적이었다.

끝내기 펀치는 공연이 끝날 무렵 날아왔다. 공연 후 커튼콜 등장 순서는 배우들에게나, 이 배우들을 상대해야 하는 스태프들에게나 분장실 배정만큼이나 예민한 일이다. 기본적으로 작은 역을 맡은 출연진부터 시작해 주요 배역 순으로 진행되지만 지명도나 경력 같은 작품 외 요소들이 복잡미묘하게 고려된다. 당연히 커튼콜 후반에 등장할수록, 극중 존재의 중요성을 인정받을수록 그들만이 독점할 수 있는 박수가 몇 차례 더 준비되기 마련이다.

이날의 커튼콜에서 통역사는 조연 이후, 주연 이전에 홀로 무대 중앙에 섰다. 따뜻한 환호와 박수가 쏟아졌다. 그녀는 이후 주연급 가수들과 동급으로 끝까지 커튼콜을 받았다. 미묘한 제스처지만 공연장 관습에 익숙한 사람들에게는 더할 나위 없이 확실한 의사 표시이기도 했다. 이 극장이 이날 공연에서 누군가의 귀가 되어준 통역사를 어떻게 대했는가, 그로 인해 통역사를 필요로 했던 관객들을 어떻게 대했는가가 백 줄짜리 당위적인 선언보다 무대 위에서 홀로 박수 받는 통역사, 그 찰나의 이미지에서 명확히 드러났다.

극장을 나서 집으로 향하는 발걸음을 재촉하면서도 머릿속은 복잡해 한숨이 절로 새어 나왔다. 내가 극장을 드나든 세월이 얼만데…. 내가 예술의전당에서 근무하던 당시 장애인들에게 제공한 공연 서비스는 한 가지였다. 법에 따라 의무적으로 설치해야 하는 휠체어석 말이다. 한국의 모든 장애가 지체장애는 아닐 텐데…. 사실 그마저도 이용하는 사람은 그다지 많지 않았다. 이유는 그야말로 다양하겠지만 말이다.

이런저런 생각에 빠져 지하철을 기다리는데 반대편 승강장에 선 사람이 환히 웃으며 수어를 건네는 것이 눈에 띄었다. 내가 서 있는 쪽 승강장에서 상대가 역시 수어로 대답한다. 어깨에 걸쳐 맨 가방에서 삐죽 나온 붉은 프로그램북, 방금 나와 같은 공연을 본 관객들이다. 인근 웨스트엔드 극장들에서 일제히 몰려 나온 관객들로 북적거리는 가운데 이 두 명은 철로를 사이에 두고 활기차게 대화를 나누고 있었다. 방금 본 〈카발레리아 루스티카나〉에 대한 감상을 이어가는 걸까. 불가능하다고 못박았던 일, '청각장애인이 음악극을 즐긴다'는 것을 눈앞에서 보고 나니 한없이 겸허해졌다.

지레 불가능이라 단정지었던 영역 중에 가능한 것은 무엇이 있는지 좀 더 알아보겠다고 결심했다. 먼저 청각장애에는 여러 종류와 단계가 있다는 것, 게다가 소리를 전혀 듣지 못하는 사람도 음악을 '느끼며' 즐길 수 있다는 것을 알게 되었다. 특히나 드라마가 함께 하는 음악극인 오페라는 시각적으로 보여지는 무대 덕분에 극의 흐름을 함께 즐길 수 있기에 농인*들도 오페라를 찾는다고 한다.

따라서 ROH는 무대에 올리는 모든 오페라 프로덕션마다 최소한 한 회 공연에서는 수어 통역을 제

---

* 농인(聾人): '청각장애인'은 소리를 들을 수 없다는 '장애'에 초점이 맞춰진 용어인 반면 '농인'은 그들만의 고유어인 수어를 사용하는 소수 커뮤니티라는 의미가 있다. 이길보라, 『반짝이는 박수 소리』 참고.

공한다. 더불어 수어를 이해하려면 반드시 입술과 표정을 읽어야 하니 농인에게 통역사와 최대한 가까운 좌석을 할인가에 우선 제공한다. 우리나라에 사는 농인 중에 라이브로 오페라를 즐겨본 사람은 몇 명이나 있을까 하는 생각이 자연스레 떠올랐지만, 알기가 두려웠다. 오페라 수어 통역이 쉬운 일은 아니지만 불가능한 일 또한 아닐 텐데 이 나라에서 되는 일이 왜 우리나라에서는 불가능한지 그 또한 심란했다.

때마침 우리나라의 한 월간지에 정기적으로 글을 기고하고 있었다. 좋은 글감이다 싶어 장애인들이 영국에서 어떤 문화 생활을 누릴 수 있는가를 주제로 잡고 리서치에 돌입했다. 장애를 가진 관객을 가장 진취적으로 포용하는 곳은 영국 국립극장이다. 마침 국립극장이 시각장애인들을 위해 운영하는 음성해설 지원 공연(audio described performance)과 터치 투어(touch tour)가 며칠 후 예정되어 있었다. 나는 국립극장에 연락해 취지를 설명하고 음성해설 지원 공연 한 시간 반 전에 무료로 제공되는 터치 투어의 참관을 요청했다.

시간에 맞춰 도착한 로비에는 이미 옹기종기 사람들이 모여 있었다. 아니, 사람들과 개들이 모여 있었다. 한 자리에서 이렇게 많은 안내견을 보기도 처음이었다. 시각장애인이 대다수인 자리는 처음이라 혹여 실례되는 행동이라도 할까 봐 끄트머리에 조용히 머물렀다. 일행은 극장 스태프들의 도움을 받아 천천히 극장으로 입장해 객석에 자리 잡았다. 데리고 온 안내견은 함께 들어갈 수도, 로비의 전담 직원에게 맡기도 들어갈 수도 있었다. 본 공연 때도 같은 서비스가 제공된다고 했다.

슥 둘러본 무대는 한눈에도 복잡해 보였다. 우선 한 무대 위에 실내 공간과 실외 공간이 공존했다. 중앙에 놓인 계단은 이층 공간을 암시했다. 계절과 시간을 알리는 크리스마스트리, 시계 같은 소도구들도 눈에 띄었다. 무엇보다 문틀, 창틀, 책장 위, 심지어 벽에 층층이 달린 선반 위에까지 온갖 사이즈의 인형이 채워져 있었다. 빼곡한 잡동사니에 더해 핑크색 벽, 알록달록 자잘한 꽃무늬 식탁보까지, '하, 그 집주인 누군지 취향 참…' 하고 답답해하던 차에 한 사람이 무대에 올라왔다. 투어 가이드를 맡은 앤드루였다. 그는 터치 투어뿐 아니라 본 공연 해설까지 맡아 진행할 터였다. 연극 〈존〉의 개괄적인 정보와 무대 세트에 대한 간략한 설명을 듣고 다같이 무대로 향했다. 앤드루는 부러 발걸음 소리를 크게 내며 자신의 동선을 알리고 손으로 세트를 두들기기도 하며 설명을 이어갔다. 투어 참가자들은 동반자나 스태프 손에 의지해 자유롭게 무대 위를 돌아다니며 세트의 공간 구성을 파악했다. 스태프들이 세심하게 투어 참가자들을 리드하며 손을 세트에 올려놓기도 하고 소품을 건네주기도 했다. 사람들은 손을 더듬거려 소파의 푹신함과 천의 질감을 파악하고 커피테이블 크기를 가늠했다. 한 참가자는 의상팀이 건넨 집주인 키티의 카디건을 만져보고 "꽤 낡은 느낌이네요. 키티가 오래 입은 옷인가 봐요"라고 물었다.

모두가 무대 위를 충분히 둘러보자 무대디자이너가 나서서 세트디자인의 의도를 설명했다. 눈이 아픈 꽃무늬 벽지는 연극의 시간적, 공간적 배경을 표현하기 위한 선택이었다. 수백 개의 작은 인형 소품은 생의 작은 추억을 소중히 여기는 키티의 성격을 드러낸다. 디자이너의 의도를 육성으로 들을 수 있다니. 예상보다 훨씬 섬세하게 짜인 프로그램이라는 생각에 감탄을 금할 수가 없었다. 하지만 놀라기엔 아직 일렀다. 디자이너가 설명을 마치자 본 공연을 앞둔 배우들이 직접 등장했던 것이다.

"안녕하세요? 제 이름은 메리루이스입니다. 극중에서 키티라는 캐릭터를 맡았습니다. 이 목소리가 키티 목소리예요."

그렇게 배우들은 자신이 맡은 캐릭터를 소개하며 투어 참가자들이 그들의 목소리와 극중 캐릭터를 미리 연결할 수 있는 시간을 주었다. 아아, 그런 문제가 있겠구나. 목소리로만 캐릭터를 파악하는 데 한계가 있겠구나. (또) 미처 생각지 못한 문제였다. 이 투어는 부지불식간에 내가 '자연스럽게' 받아들이고 해석하는, 그러나 연극을 이해하는 데 필수적인 시각 정보를 청각/촉각 정보로 전환해주고 있었다. 그제야 이 투어가 연극 〈존〉을 이해하는 데 꼭 필요한 시각정보를 시각장애인들에게 포괄적으로 '통역'해주는 시간임을 이해했다.

투어를 마친 뒤 본 공연을 관람할 시간이 되었다. 음성해설을 듣기 위해 예약해놓은 헤드셋을 받아 객석에 앉았다. 연극이 시작되기 15분 전부터 헤드셋에서 앤드루의 목소리가 흘러나온다. 그는 무대의 전반적인 분위기, 의상, 인물 등 극의 대략을 설명했다. 공연 내내 앤드루는 극을 이해하는 데 필요한 시각정보를 청각정보로 전환하여 적절한 타이밍에 차분히 전달했다. 나는 잠깐 잠깐 눈을 감고 오로지 앤드루의 목소리에 의존하여 극을 따라가보았다. 이런 방식으로 라이브 연극 감상이 가능하다니, 놀라울 따름이었다.

집주인 키티가 내준 과자를 한 입 맛본 후 슬그머니 주머니로 밀어넣는 젊은 커플의 발칙한 행동에 객석에서 웃음이 터져 나왔다. 동시에 상황을 설명하는 앤드루의 목소리가 헤드셋에서 들려왔고, 여기저기서 헤드셋을 쓴 관객들이 어깨를 들썩이며 웃는 모습이 보였다. 순간 투어 직후 인터뷰에서 앤드루에게 들은 얘기가 떠올랐다. 시각장애인들도 소외되지 않고 눈이 보이는 사람들과 같은 경험을 하도록, 같은 연극 안에 머물 수 있도록 도와주는 것이 자신의 일이라고 했다. 눈이 보이는 관객들과 함께 농담을 즐기는 시각장애인들을 보며 '소외되지 않는다'는 말의 뜻이 조금 더 구체적으로 다가왔다.

사실 앤드루와의 인터뷰는 가볍게 시작했다가 무거운 마음으로 마무리지었다. 국립극장 음성해설팀은 서커스같이 시각 의존도가 높은 장르까지 도전해보았다고 한다. 아무도 걸어보지 않은 길을 가다 보니 매 걸음이 맨땅에 헤딩하기이며 그래서 이들은 새 서비스를 기획하고 준비할 때마다 전 과정을 영국 왕립시각장애인협회(Royal National Institute of the Blind People)같이 해당 서비스를 실제로 사용하게 될 관련 단체와 밀접하게 협업한다고 했다. "개척자인 우리가 그렇게 한 발자국 더 한계를 넓혀가면 그

것이 세계의 새로운 기준이 될 거에요." 자부심을 슬쩍 내비쳤다.

이 정도로 훌륭한 서비스를 제공하려면 큰 예산이 필요할 것 같았다. 하지만 앤드루의 답변은 예상을 깼다. 예산은 생각보다 적었고, 정부보조금은 전혀 없었다. 정부보조금 부분이 특히 의외였다. 국립극장뿐 아니라 로열코트나 알메이다 같은 민영 극장에서도 같은 서비스를 제공하기에 당연히 정부 지원이 있으리라 생각했다. 전혀 없다고요? 전혀? 여러 번 되묻고 같은 답을 몇 번이나 들었는데도 "그런데 용케 극장이 자비를 들여 이런 일을 하는군요"라고 믿겨 하지 않자 단순한 대답이 돌아왔다.

"왜냐면 그게 옳은 일이니까요."

순간 나도 모르게 어이없어하는 속마음을 얼굴에 그대로 내비칠 뻔했다. '아니 누가 옳은 일인지 몰라서 못합니까. 응, 그니까 돈이 없어서… 못하는 거죠. 아니지, 돈이야 늘 없는 거고, 우선순위에 밀리니까요. 아니 그건 옳지 못하지만 현실이….' 혼자 속으로 이 변명 저 변명 떠올리며 우물쭈물하다가 결국 아무 말도 못하고 조용히 고개를 숙였다. 옳은 일이기 때문에 당연히 한다는 태도 앞에서는 어떤 반박도 궁색하기 짝이 없었다.

얼떨떨하다고 해야 할지 착잡하다고 해야 할지, 복잡한 기분으로 극장 문을 나섰다. 장애가 장벽으로 굳어지지 않도록 길을 찾고, 길을 내는 사람들이 현실에 실재했다. 알면 알수록 놀라운 세상이 이미 존재하고 있었다.

이날 이후 모든 것이 비관적으로 느껴질 때, 세상이 너무 각박하다고 느껴질 때, 영국 국립극장 홈페이지 Access 페이지를 찬찬히 들여다보곤 한다. 한계를 핑계 삼지 않고, 앞장서서 세상을 바꾸는 선한 사람들의 존재를 확인하고 싶어서다. 다행히 그 페이지는 사회 인식 변화와 기술 발전을 꾸준히 따라가며 혹은 리드하며 성실하게 업데이트되고 있다.*

이 글을 준비하며 다시 페이지를 방문했다가 또 한 번 코끝이 시큰해졌다. 극장에서 오래전부터 개발해온 개인용 자막 안경이 4년여 만에 마침내 완성되어 이미 사용되고 있었다. 영상과 달리 공연은 라이브로 진행되기 때문에 매번 오퍼레이터가 극의 속도에 맞춰 직접 자막을 송출할 수밖에 없고, 따라서 자막이 제공되는 공연은 제한적이다. 그런데 이 안경은 배우의 목소리와 조명, 음향 등을 기반으로 자막

---

* nationaltheatre.org.uk/your-visit/access

을 생성해 착용자에게 보여준다. 이제껏 자막이 제공되는 아주 적은 수의 공연만 볼 수 있었던 청각장애인들에게 새로운 가능성이 열린 것이다. 코비드를 직격탄으로 맞은 공연계는 워낙 어려운 시기를 견디고 있기에 이런 프로젝트는 당연히 미뤄졌을 거라 지레짐작하고 있었다. 그런데 그건 그거고 이건 이거라는 듯 그들은 부단하게 앞으로 나아가고 있었다.

국립극장이 제공하는 서비스는 시청각장애인들을 위한 것에 그치지 않는다. 자폐를 가진 관객, 시청각 자극에 예민한 관객을 위한 공연 정보 역시 홈페이지에 상세하게 수록되어 있다. 이런 공연들은 관객의 특성과 필요에 맞추어 객석의 조도, 무대 위 시청각 자극의 강도를 조절한다. 자극이 지나치게 강한 특수효과는 아예 생략하기도 하고, 관객이 공연 도중 자유롭게 소리 내거나 극장 안팎을 드나들 수도 있다. 그렇게 그들도, 그들의 가족도 함께 무대라는 세계를 경험하는 기회를 누리게 된다.

처음으로 친구와 놀게 된 두 살배기에게 몇 번이고 반복해준 이야기가 있다.

"장난감은 같이 가지고 노는 거야. 진짜야. 한 번 해봐. 함께 놀면 훨-씬 재밌어!"

늘 혼자 장난감을 독차지하던 아이는 손에 움켜쥔 장난감을 타인에게 건네는 일을 힘들어했다. 다행스럽게도 서서히 친구에게 장난감을 건네기 시작했고, 함께 노는 즐거움을 익히자 이제는 놀이터에서 만난 아무 친구나 같이 집에 가겠다고, 아니면 친구네 집에 가서 놀겠다고 보채는 바람에 난처해진 적이 한두 번이 아니다.

무대라는 놀이터에서 만난 공연은 내가 태어나서 만져본 가장 재미있는 장난감이다. 나는 이 장난감을 혼자 가지고 놀고 싶지 않다. 공연에 자막이 항상 있으면 좋겠다. 우리나라에도 터치 투어가 도입되면 좋겠다. 시청각장애인들이 다양한 방식으로 나와 함께 공연을 즐기면 좋겠다. 그렇게, 아무도 공연에서 소외되지 않으면 좋겠다. 그리하여 나 역시 눈이 침침해지고 귀가 잘 안 들리는 나이가 되었을 때, 여전히 함께 무대를 바라보며 울고 웃을 수 있었으면 한다. 우리나라보다 관객 연령층이 높은 서유럽 극장들이 시청각장애에 적극적으로 대응하는 또 다른 이유다. 누구나 늙는다. 그런 이기적인 동기에서라도 오늘의 무대가 우리 모두를 위한 것이 되었으면 한다.

이자람과 바다

코로나로 완전히 멈추었던 공연계가 잠시나마 활기를 찾았을 무렵, 1년여 만에 극장을 찾았다. 유명 대형 뮤지컬이었다. 일주일에 두세 번은 드나들던 극장을 하루아침에 끊었다가 다시 찾으려니 가슴이 벅찼다. 감동으로 울 채비를 하고 공연을 관람했다. 그러나 뮤지컬은 통곡하고 싶을 만큼 형편없었고 내 기대는 무참히 박살 났다.

이런 공연을 보고 오면 며칠이고 입이 쓰다. 들인 돈과 시간 때문만은 아니었다. 한국어가 모국어인 내가 생각해봐도, 영국에서 살며 오래 영어를 써온 내가 들어봐도 이해할 수 없는 대사들이 가득했다. 원작의 섬세한 뉘앙스와 철학적 함의는 모두 사라지고 너덜너덜해진 뼈대만 철퍼덕, 관객 앞에 퍼질러져 있었다. 방탄소년단이 빌보드차트 핫100 1위 자리를 자기 곡들로 셀프 바톤터치하고, 〈오징어 게임〉 덕분에 전 세계가 'dalgona'로 밈을 만드는 시대에 도저히 있을 수 없는 일이다.

우리 관객도 성숙할 만큼 성숙해졌는데 이런 무대를 지금 우리보고 돈 주고 보라는 건가. 도대체 왜, 언제까지, 우리 이야기도 아니고 쟤네 이야기도 아닌 이런 어설픈 번역극에 만족해야 한단 말인가! 누굴 바보로 아는가!!

뒷발로 벌떡 일어나 앞발로 가슴을 두들기며 포효했더니 친구가 마취총을 쏘듯 이자람의 이름을 코밑에 들이대며 나를 도로 주저앉혔다.

"그럴 땐 이자람 공연 한 편 보고 기분 풀어."

오, 이자람? 대번에 귀가 솔깃해졌다. 그의 명성은 익히 들어왔다. 특히 공연 관람이 업이라 칭찬에 박한 공연계 종사자들이 마치 처음 공연과 사랑에 빠진 이들처럼 찬사를 퍼붓기에 의아했다. 도대체 어떻길래. 그렇지 않아도 한 번은 보러 가야지 벼르긴 했어.

급히 일정을 따져보니 볼 수 있는 공연은 판소리 〈노인과 바다〉뿐이었다. 〈노인과 바다〉? 판소리와 헤밍웨이? 생경한 조합에 얼굴부터 찌푸려졌다.

헤밍웨이의 『노인과 바다』는 쿠바의 한 어촌에 사는 늙은 어부 산티아고의 이야기다. 84일 동안 고기를 한 마리도 잡지 못한 산티아고는 85일째가 되던 날도 '오늘만큼은!' 하며 홀로 바다로 향한다. 이틀 밤낮을 꼬박 바친 사투 끝에 자신의 배보다 큰 청새치 한 마리를 잡는 데 성공하지만, 피 냄새를 맡은 상어 떼들이 몰려오는 바람에 결국 뼈만 남은 청새치와 항구로 돌아온다.

사실 나는 몇 년 전 케임브리지 영문학과 출신

M에게 부탁해『노인과 바다』를 함께 읽은 적이 있다. 이유는 단순했다. 20세기 미국문학을 대표하는 작품이라는데, 심지어 헤밍웨이에게 풀리처 상을 안겼다는데 아무런 감흥을 느낄 수 없어서였다. 외국어의 한계인가. 그래서 M과 함께 사금 채취하듯 단어 하나하나를 건져 색과 모양을 확인해가며 책을 읽었다. 심지어 M에게 소설 전체를 소리 내 읽어달라고 부탁하기도 했다. 낭독이 아닌 이상 책은 저마다의 머릿속에서 읽히니까, 사람들이 어떤 속도와 리듬으로 읽는지 알 도리가 없다. 영어가 모국어인 사람은 어느 구절에서 끊고 어느 단어에 강세를 주는지 소리로 확인하여 좀 더 말의 의미를 가까이서 붙잡고 싶었다. 산티아고가 타는 배의 구조까지 그려가며 통독하고 나니 이제 주저 없이 우리말로 옮길 수 있겠다 싶을 정도로 모든 장면이 훤히 그려졌다. 그럼에도 불구하고 여전히 왜 걸작이라는지 알 수가 없었다.

게다가 무성의하고 무능력한 번역극보다 구린 것이 세상에 단 한 가지 존재한다면, 그것은 소위 말하는 서양 고전의 어설픈 한국화라고 나는 믿는다. 차 떼고 포 뗀 후에 한복부터 덜컥 입혀놓는 유의 안이한 작품들 말이다. 이런 작품들은 원작이 시공을 초월한 보편적인 인류의 이야기라 홍보하고 그 위에 '한국화'라는 그럴듯한 당위성을 입힌다. 그러나 막상 무대를 보면 원작에 대한 미진한 분석과 빈약한 이해를 감추려는 변명에 지나지 않을 때가 많았다.

드디어 공연 날, 함께 가겠다고 울며불며 달라붙는 세 살배기를 떼어내고 간신히 공연장에 도착했다. 한여름에 대중교통으로 가기엔 너무 먼 곳이었다. 비지땀을 흘리며 객석에 털썩 주저앉고 보니 그제야 내 발이 눈에 들어왔다. 허겁지겁 달려오는 바람에 양말도 못 챙겨 신어 맨발에 스니커즈만 꿰었다. 덕지덕지 묻은 일상의 피곤함에 공연이 시작하기도 전에 이미 지친다.

그리고 이자람이 무대에 섰다.

그렇지, 바로 이거지!

좋은 배우는 텅 빈 무대에서 시선 하나로 성을 한 채 지어 관객 눈앞에 펼친다. 그렇게 순식간에 현실 세계를 극장 밖으로 몰아낸다. 이날 이자람은 내레이터였다가 산티아고였다가 청새치였다가, 이자람이었다. 손에 쥔 부채는 팔씨름하는 탁자였다가,

청새치의 심장에 콰악 박힌 창살이었다가, "등뼈부터 배까지 죽 갈라 떼어"낸 두툼한 다랑어 회 한 덩어리였다 .

그 능수능란함에 관객 역시 엉덩이를 들썩이기 시작했다. "뭣 허느냐, 고기야. 어서 미끼를 콰악 물어라!" 산티아고가 애타게 외칠 때는 '물어라, 물어! 이놈, 지금 당장 물어 꾸울꺽 삼켜버려라'라고 함께 청새치를 채근했고, 고기가 수면으로 올라오는 숨가쁜 순간 산티아고의 왼손에 쥐가 났을 때는 '이 눈치 없는 왼손 놈아, 지금 이 타이밍 무엇!' 하고 안절부절못하며 함께 호통을 쳐댔다.

관객은 거대한 청새치를 잡아당기는 산티아고의, 이자람의 강인한 어깨에 힘을 싣고 싶었다. 뭐라도 해주고 싶었다. 뭐라도 해야 했다. 그녀라면 극장에 있는 우리 모두를 낙원으로 이끌 수 있을 것 같았다. 그러기 위해서 "목마르고 쉬고 싶고 지쳐"가더라도 "발꼬락 끝에서 정수리 끝까지 남아 있는 모든 자존심과 긍지"를 다해 한 번 더 낚시줄을 당겨라, 한 발만 더 나아가라, 안쓰러움과 고마움을 추임새에 담아 한마음으로 연신 이자람을 다그쳤다.

"잘한다!"

"얼씨구!"

무대에서 넘실대던 파도가 객석으로 넘쳐 흐르면 객석에서 일사불란하게 '어영차!' 힘을 합쳐 무대로 파도를 돌려 보내고, 그 물은 다시 무대를 돌아 객석으로 밀려들고…. 그렇게 공연 내내 이자람과 객석은 거대한 물결을 서로 주고받았다.

"니콜(산티아고를 따르는 소년)을 데려올걸 그랬지, 커피라도 한 잔 더 마시고 배를 탈걸 그랬지."

긴 대치에 기운이 빠져 혼자 더 이상 청새치를 끌어당기지 못하는 산티아고의 한탄에 객석 여기저기서 위로와 응원의 추임새가 튀어오른다. 은빛 날개를 퍼덕이며 바다 위를 활공하는 날치떼처럼 힘이 넘친다.

"멋있다! 얼씨구야!"

"좋다!"

"얼쑤!"

날치 축제가 벌어졌다. 빱빱빱빱 빠- 빱빱. 누군가 외친 "다 그렇지!"가 유독 크게 들린다. 그래 그래, 다 그렇지. 다 그러고 사는 거지. 오늘 여기 인생 뭘 좀 아시는 관객이 오셨구나, 얼쑤! 무대 위의 고수(鼓手) 또한 어느새 냉큼 관객의 '다 그렇지!'를 낚아 올려 자신의 추임새로 쓴다.

그렇지, 바로 이거지. 영상 공연이 라이브 공연

을 대체할 수 없는 이유. 코로나로 인해 납작한 온라인 공연만이 가능한 동안 나는 이 생명력이 사무치게 그리웠다. 생면부지의 관객들과 감정을 공유하는 그 기묘한 느낌, 그래서 객석 안 모두가 서로 연결되어 하나의 거대한 생명체가 된 듯한 초현실적인 시간 또한 말이다. 무대 밖 일상이 사라지고, 마침내 공연을 관람하는 나마저 사라지면 그 진공으로 무대라는 우주가 빨려 들어온다. 그 속에서 가늠할 수 없는 시간을 유영하다 현실로 돌아오면, 그리 오래지 않은 것 같은데 그렇게 긴 시간이었나 놀랐다가 아니, 순식간에 끝난 것도 같아 재차 시간을 확인하기도 한다. 그러는 사이 저 깊은 어딘가에서 생명력이 움터온다. 나의 일상과 전혀 무관한 무대 위 이야기가 지친 일상을 추스르고 버틸 힘을 준다. 그 힘을 한 번이라도 느껴보면 '공연뽕' 맞은 사람이 되어 무대를 찾고 또 찾는다. 찾을 수밖에 없다. 살아가는 데 필요하기 때문이다

　　관객에게 이런 에너지를 끌어내는 사람은 거꾸로 관객의 에너지에 감응한 무대 위 아티스트다. 그는 무대와 관객 사이의 끝없는 에너지 순환이 일어나게 만드는 원천이다. 그는 자신이 연기할 인물을 창조하기 위해 악보 속 음표 하나, 대본 속 단어

와 단어 사이 띄어쓰기 하나까지 살펴가며 고민한다. 낱낱이 쪼개 분석한 음과 말을 다시 이음새 없이 연결하고 끌어안는다. 자신의 해석을 관객에게 전달하는 데 필요한 테크닉은 기본이다. 이 모든 것이 갖춰지고 어우러져야 하나의 온전한 영혼을, 캐릭터를 만들어내게 되고 그제야 타인의 마음을 뒤흔들 수 있다.

이런 레벨의 아티스트를, 그에게 적절히 반응할 수 있는 동료 관객들과 함께 만나는 일은 극히 드물다. 운이 좋아 그 시간 그 자리에 있었다면 아티스트에게, 또 우리 서로에게 아낌없이 찬탄을 보내게 된다. 그로써 곧 흔적도 없이 사라질 그 시간을 축제처럼 만끽하는 수밖에 없다. 아무리 기술이 좋아진들 그런 몰입의 시간은 박제할 수 없기에 더욱 간절하다. 그날 이자람의 공연을 함께한 관객들 역시 지난 1년 반 동안 공연을 빼앗기다시피 하면서, 그 펄떡이는 시간이 얼마나 귀하고 귀한 것인지 뼈저리게 느꼈을 것이다. 그래서 더욱 필사적으로 이자람에게 힘을 실어주었으리라.

공연은 계속되어 니콜이 산티아고의 저녁 식사로 모로스 이 크리스티아노스(Moros y Cristianos)를 준비하는 장면으로 이어졌다. 이자람은 이 쿠바 음식을 설명하기 시작했다.

"아니, 이 이자람이가 도대체 먹어봤어야 관객 여러분께 맛이 어떻고 향은 또 어떤지를 전달할 수 있을 텐데, 하여 쿠바 식당을 찾아 이태원 거리를 헤맸으나 찾지 못해 결국 비슷한 멕시코 음식이라도 대신 먹었다⋯."

그러고는 천연덕스레 케사디야와 과카몰레를 묘사하는 창을 이어갔다. 자지러지게 웃는 사람들 속에서 함께 웃다가 난데없이 왈칵 눈물이 쏟아졌다. 그 순간 예상치 못하게 과거의 나를 마주했기 때문이다.

이야기의 가장자리

잘츠부르크에 살던 시절이었다. 지인 S는 와인 전문가 인증이라 할 수 있는 WSET(Wine & Spirit Education Trust) 자격증을 따려고 준비 중이었다. 자격시험은 각종 와인은 물론이고 위스키, 브랜디, 진, 보드카 같은 증류주까지 온갖 종류의 술을 다뤘다. '시험 공부'를 하려면 시음을 해야 하니 '시험 교재'로 끊임없이 술을 사들여야 했다. 직접 맛을 보려면 일반 술집에서 취급하지 않는 고가의 술마저 병째 구입하는 방법밖에 없었으니 그 또한 쉽지 않았던 모양이다. S는 행복하면서도 힘겨워 보였다. 안색이 어두워 보였는데 무리가 온 것이 간인지 지갑인지 알 수 없었다.

한번은 집 열쇠를 두고 나오는 바람에 S네 집에서 신세를 지게 됐다. 시험이 얼마 남지 않았던 때라 S는 내게 양해를 구하고 '공부'를 시작했다. 고급스러워 보이는 커다란 상자를 꺼냈다. 뚜껑을 열자 새끼손가락 두 마디만 한 작은 유리병 수십 개가 몸을 드러냈다. 와인의 복잡한 향을 감별할 수 있도록 후각의 체계를 잡아주는 아로마키트였다.

와인은 종이 위의 활자만으로 이해할 수 없다. 맨눈으로 색을 보고, 코로 향을 마시고, 혀로 맛을 보고 질감을 느껴야 한다. 몸을 거쳐 머리에 새기는 과정, 즉 이해에 앞서 경험이 필요하다. 문제는 와인이 막걸리가 아니라는 데 있다. 와인을 테이스팅하려는데 인지하고 묘사해야 할 향과 맛, 심지어는 색 자체가 우리에게는 한없이 낯설다. 언어는 그다지 도움이 되지 않는다. 애써 사전을 찾아도 아무런 의미를 더하지 않는 긴 학명에 좌절하기 일쑤다. 아예 사전에 없는 단어도 많다. 드물게 아는 과일이 나온다 해도 문제다. 라즈베리 향과 블랙커런트의 향은 어떻게 다른가? 미네랄 맛과 질감은 어떠한가? 좋다. 그럼 이건 어떤가. 버섯칼국수 집 문을 여는 순간 확 풍겨 오는 익숙한 다진 마늘 냄새, 그 달근한 향을 떠올려보자. 혹은 불판에서 구워지는 삼겹살은? 향은 물론이요, 아마 치이이이익 하고 기름 끓는 소리까지 들릴 것이다. 가장자리가 바싹하게 구워진 김치와 올롱롱롱롱 소주가 잔에 떨어지는 소리에 혀에 닿는 감미로운 쌉쓸함까지, 크으으 입에 침이 돈다. 이 총체적 감각은 우리 몸이 알고 즉각적으로 반응한다. 그래서 그날 나는 S 몰래 S를 위해 한숨을 쉬었다. 아아, 어렵다. 그리고 연거푸 나를 위해 한숨을 쉬었다. 어쩜 이리 오페라 공부하는 것과 똑같냐….

　　몇 년 후 무사히 최종 시험에 통과한 S는 런던 길드홀에서 진행된 학위수여식에 나를 초대했다. 꽤 큰 행사여서 격식을 갖춘 옷차림으로 총출동한 일가족들도 심심치 않게 보였다. 행사의 핵심은 역시 자격증을 수여하는 의식이었다. 주최 측은 수여자들을 한 명 한 명 앞으로 불러냈다. 그리고 이름, 출신 지역, 현재 직업, 가장 좋아하는 주종, 앞으로 투신하고 싶은 전문 업종 혹은 전문 분야로 삼고 싶은 주종을 간략하게 소개했다.

수여자 한 명 한 명의 스토리를 흥미롭게 들으며 지인의 차례를 기다리는데, 들려오는 출신지들이 어쩐지 심상치 않다. 샹파뉴, 꼬냑, 알마냑, 보르도…. 지역 이름이 곧 술 이름이었다. 헛웃음이 났다. 이건 반칙이잖아….

물론 꼬냑 마을이 고향이라고 해서 마냥 남들보다 후각과 미각이 좋다고 할 수는 없다. 하지만 서른 넘어 꼬냑이란 술을 처음 안 사람이 꼬냑에 대해 불어로 설득력 있는 썰을 풀어야 하는 상황에서 도저히 따라 할 수 없는 원어민 발음으로 "우리 집이 꼬냑이야" 하는 애를 만나면 일단 쫄게 되어 있다. …나는 쫄았다. 꼬냑 술은 꼬냑 지역에 있는 리무장 숲에서 난 화이트오크 나무로 만든 숙성통만 쓴다던데, 내가 상상도 못하는 그 오크통 냄새는 애네 집 지하실 바닥 냄새거나 가을철 밤 주우러 걷던 익숙한 산책길의 추억일 수도 있다. 꼬냑에 사용된 와인은 애가 매일 학교 다니는 길에 지나친 포도밭에서 난 포도로 만들어졌을지도 모른다.

한번은 보르도 와인의 산지, 프랑스 보르도를 방문했다. 그때 나는 굳이 만나는 보르도 사람마다 넌 몇 살 때 처음 와인을 마셨느냐고 묻고 다녔다. 그 질문으로 내가 정확히 무엇을 증명하고 싶었는지 모르겠으나, 그럼 그렇지 대여섯 살 아주 어린 나이부터 와인을 접했다는 대답이 으레 돌아왔다. 식탁 위 어른들 잔에서 살짝 한 모금, 맛과 향을 경험하고 기억하는 말 그대로 밥상머리 교육이었다. 이들에게 와인은 아로마키트로 급하게 배운 지식이 아니라 오랜 시간에 걸쳐 천천히 몸에 밴 일상이고 추억이었다.

내가 내 전공 오페라 배우기를 꼭 아로마키트로 와인 배우듯 급하게 했다. 서양의 역사와 문화, 정치와 종교가 뒤섞여 녹아든 오페라를 자유롭지 않은 남의 언어로 이해하고 표현하려니 늘 불안했다. 영어로 충분하다는 말에 독일에서 시작한 박사과정에 외국인은 나 하나였다. 게다가 교수와 동료들은 저마다 서너 개 언어를 구사해서, 외딴 성에서 정기적으로 열린 세미나는 독어로 시작해 이탈리아어, 프랑스어, 라틴어가 자연스럽게 섞여 진행됐다.

그들 앞에서 분석하고 발표해야 했던 작품 중 하나가 요한 슈트라우스 2세의 오페레타 〈박쥐〉였는데 등장인물들은 하나같이 어지간히들 마셔댔다. 마시는 술도 제각각이었다. 문맥상 술이려니 짐작했지 대부분 처음 보는 단어였다. 마데이라, 질보비츠, 샤토 라루아, 로스톱신, 샴페인, 토카이…. 형가리 백작부인으로 변장한 여자 주인공이 자신이 헝가리인이라는 것을 증명하기 위해 헝가리 민속 춤곡인 차르다시(Csárdás)를 노래하며 토카이라는 헝가리 와인을 들먹일 때는 덜컥 겁이 났다.

"Schlürft das Feuer im Tokayer!"

직역하면 '토카이 속의 불길을 만끽하자' 정도인데 나는 일단 토카이가 와인인지 몰랐고, 그 와인이 헝가리 특산물인지도 몰랐다. 그럼 다른 술들은? 다른 술들이 상징하는 바는 뭐지? 대본과 악보 구석구석 19세기 말 오스트리아 빈 사회의 정치, 문화, 경제적 코드가 엮여 있다는데 보이지도 않았고 느낄 수도 없었다. 노력하고 노력해도 생경한 전통과 역사와 문화가 끊임없이 튀어 나왔다.

주눅이 들었고 불안했다. 그리고 그만큼 늘 경직되어 있었다. 무엇이든 샅샅이 알아보고 직접 경험하며 느껴봐야 내 말에 확신을 가질 수 있다는, 가져도 된다는 스스로 만들어낸 관념에 얽매어 지냈다. 그러고도 내 감정과 판단이 합당한지 늘 의심했다. '자신'의 이야기를 하는 학교 동료들 사이에서 그렇게 나는 늘 이야기의 가장자리를 서성거렸다. 내가 과연 그들의 문화를 그들의 언어로 설득할 수 있을까? 과연 돌파할 수 있을까? 논문을 쓰는 내내 계속 의구심에 시달렸다. 스스로 만든 열패감에 더이상 앞으로 나아가지 못했다. 그렇게 논문 쓰기는 기약 없이 정체되어 한자리에 머무르고 있었다.

나의 바다로 노 저어 가기

그런데 그날 만난 이자람은. 이자람은 자유롭고 유연했다. 바닥에 깔린 돗자리 밖으로 한 발자국도 움직이지 않는데 이 사람은 어찌 저리 자유로운 걸까. 헤밍웨이의 원작에는 '모로스 이 크리스티아노스'라는 단어가 등장하지 않는다. "검은 콩과 쌀, 튀긴 바나나, 그리고 약간의 스튜"라고 한 줄 쓰여 있을 따름이다. 이 '검은 콩과 쌀'에 '모로스 이 크리스티아노스'라는 쿠바의 요리명을 찾아준 사람은 이자람이었다.

산티아고의 일상을 이해하기 위해, 산티아고로 변신하기 위해 이자람은 거기까지 나아갔다. 또 거기에서 막혔다. 이름을 찾았으나 그 이름의 실체를 한국 땅에서 먹을 길이 없으니 그 맛을, 목구멍으로 넘기는 느낌을 묘사하기란 불가능했다. 그럼에도 이자람은 자신이 부닥친 벽에 멈춰서지 않았다. 대신

우회했다. 맞닥뜨린 벽을 이야깃거리로 삼았다. 산티아고에서 이자람으로 잠시 돌아와 허심탄회하게 사정을 털어놓으며 오히려 관객에게 한 걸음 다가서는 기회로 삼았다.

모로스 이 크리스티아노스를 먹어봐야 해서 이태원 거리를 헤맨 이자람에게서는 꼭 그렇게까지 해야 했던 내 모습을 봤다. 그런데 대신 멕시칸 음식이라도 먹었다는 유연함에서 경악했다. 아아, 그래도 되는 거였어? 다 함께 폭소를 터트릴 때는 탄식했다. 아아, 나도 그렇게 할 것을! 끝내 먹어보지 못한 모로스 이 크리스티아노스는 스스로의 부족함, 현실의 한계를 증명하는 데 쓰이지 않고 오히려 그녀의 유연함과 유머 감각을 우아하게 드러냈다.

헤밍웨이의 『노인과 바다』는 그렇게 온전한 이자람의 바다가 되어 청새치를 잡은 산티아고가 〈춘향전〉의 사랑가를 부르며 어화둥둥 내 사랑, 고운 춤사위를 선보이는 기묘하고 아름다운 세계가 되어 있었다. 관객은 그 덕에 한국도 아니고 쿠바도 아닌 곳에, 동시에 한국이면서 쿠바인 이자람의 세계에 다다랐다.

그날 무대에서 나를 매혹시킨 것은 청새치를 잡기 위해 분투하는 노인만이 아니었다. 한 강인한 인간이 굴복하지 않는 노인이 되어 어떻게든 훌륭한 무대를 만들려 분투하고 있었다. 그제야 납득할 수 있었다. 아, 이래서 『노인과 바다』가 걸작이구나.

이자람에게 영혼을 빌려준 억센 산티아고와 산티아고를 연기하는 데 모든 것을 쏟아붓는 이자람이 겹쳐진 무대를 보고 나니 그제야 헤밍웨이가 보여주고자 했던 인간의 위엄이 선명하게 눈앞에 드러났다. 스스로 인생의 결정을 내리고, 그 결정을 향해 흔들림 없는 눈으로 거침없이 나아가는 사람만이 가지는 그런 위엄 말이다.

그들의 삶은 내가 살지 못했던 삶이기도 했다. 나도 그럴 것을 그랬다. 터무니없는 말을 하게 될까 두려워 침묵만 지키고 있지 말걸 그랬다. 완벽하자고 욕심 부리지 말걸, 그래서 지금 완벽하지 못함에 늘 움츠려 있지 말걸 그랬다. 남들을 따라잡으려 오버하지 말걸, 처음부터 내 페이스대로 갈걸, 타인의 선함을 믿고 내 부족함을 선선히 보여줄걸, 그들이 설사 선하지 않아 내 부족함을 비웃더라도 내 잘못이 아니니 크게 흔들리지 말고 뚝심 있게 행동할걸…. 무엇보다 스스로를 믿어줄걸. 그렇게 천천히 내 이야기를, 내 세계를, 나만의 바다를 만들고 넓혀갈걸 그랬다.

생각해보면 세상에서 누구보다 나를, 나의 판단과 감정을 믿지 않은 사람은 늘 나였다. 나는 스스로가 설정한, 영원히 가닿을 수 없는 허상의 섬을 향해 노를 젓는 데 지레 지쳐 길을 잃었다. 그래서 그날 이자람의 〈노인과 바다〉를 보며 후회와 회한으로 가득 차 바닷물만큼 눈물을 흘렸다. 마스크 탓에 뿌옇게 김이 서린 안경 뒤로 주르륵 주르륵 눈물만 흘리며 소리 없이 오열했으니, 무대 위 이자람 씨, 부디 무서워하지 않았기를. 이상한 사람 아니었어요. 당신의 무대가 내 안 깊숙이 박혀 있던 무엇인가를 건드렸을 따름입니다.

실컷 울고 나니, 또 이자람의 능청스러움에 크게 웃고 나니 아주 오랜 시간 느끼지 못한 후련함에 몸이 떨려왔다. 몸을 빠져나간 눈물만큼 희망이 차올랐다. 끊임없이 노를 젓다 보면 최소한 근육질 몸은 가질 수 있겠지, 노 젓기는 게다가 전신 운동인데. 살다가 급작스레 방향이 바뀌어도 지난 세월 동안 이미 만들어진 근육은 새 항구로 나를 날라줄 것이다. 대답을 찾지 못한 질문은 그 질문마저 잊을 만큼 한참 세월이 지난 후에 불현듯 제 손에 답을 들고 스스로 찾아오기도 한다.

그래, 다 그렇지! 다 그러고 사는 거다. 이제라

도 잘하면 된다. 이자람이 이태원에서 먹은 과카몰레를 노래하듯, 미래의 내가 과거의 나를 웃으며 이야기할 수 있으면 된다. 지지 않고 또 지치지 않고 '오늘만큼은!' 하며 85일째에도, 86일째에도 계속 바다로 뛰어들다 보면 물길이 바뀌고 청새치가 물 위로 솟구치는 순간이 반드시 올 것이다.

무대 너머 당신에게

리허설 30분 전. 백스테이지 그린룸.

'행복하답니다, 바꿀 수 없으면 차라리 잊고 사는 편이!'라며 공연 내내 술을 마시다 '모든 잘못은 샴페인 탓이었어요'로 막을 내리는 오페레타 〈박쥐〉는 연말 극장 단골 레퍼토리다. 오스트리아 빈 스타일의 망년회라고나 할까. 앞서 이야기했듯 별의별 술이 다 등장하는데 뭐랄까, 작정하고 흥청망청, 엉망진창이다.

〈박쥐〉의 주인공 아이젠슈타인은 경범죄로 짧은 구류형을 살아야 한다. 하지만 아내 로잘린데와 눈물의 작별 인사까지 하고서는 친구 팔케 박사의 꾐에 넘어가 감옥 대신 오를로프스키 왕자의 파티로 향한다. 그곳에서 그는 프랑스 귀족인 척하며 여자들을 꼬시기에 바쁘다. 아이젠슈타인의 하녀 아델레는 이모가 위독하다는 핑계로 휴가를 얻고서는 마님의 옷을 훔쳐 입고 같은 파티에 참석해 러시아 배우 노릇을 한다. 한편 혼자 집에 남은 로잘린데는 옛 애인 알프레드와 밀회를 즐긴다. 때마침 감옥소장 프랑크가 감옥에 출두하지 않은 남편을 찾아오고, 실내복 차림으로 로잘린데와 단 둘이 있던 알프레드를 남편으로 오해해 체포한다. 업무를 마친 프랑크 역시 프랑스 귀족으로 신분을 세탁하고 파티장으로 향한다. 와중에 아이젠슈타인의 진짜 행방을 알게 된 로잘린데마저 헝가리 귀족 부인으로 가장하고 현장을 잡으러 파티장으로 간다. 파티장에서 만난 모두는 서로를 의심하면서도 자신들의 가짜 신분을 증명하려 안간힘을 쓰는데…가 〈박쥐〉의 줄거리다….

2021년 연말, 나는 아트센터 인천의 그린룸*에서 〈박쥐〉의 자막을 다듬고 있었다. 너저분하게 놓인 악보와 대본 위로 랩탑을 놓고 초조하게 파워포인트 슬라이드 하나를 지웠다가 살렸다가, 다시 지우기를 반복한다. 30분 후면 제너럴 리허설**이 시작하고 내일이면 관객은 오페레타 〈박쥐〉의 공연 자막으로 이 슬라이드를 접할 것이다.

모두 함께 경의를 표하세
모든 와인의 왕에게

슬라이드에는 짧은 두 줄이 적혀 있다. 파티의

* 백스테이지에 있는 배우 휴게실. 안정을 가져오는 녹색으로 벽을 칠하던 전통에서 유래한 이름이다.
** 출연진이 실제 공연처럼 의상과 분장을 갖추고 무대 위에서 진행하는 최종 리허설.

클라이맥스에서 오를로프스키 왕자가 샴페인 잔을 들고 이 대사를 선창하면 모든 출연진이 같은 대사를 반복하며 각자의 잔을 높이 들어올릴 것이다.

이 슬라이드를 두 장 넣을 것인가, 한 장 넣을 것인가. 난 이 점을 고민 중이다. 똑같은 슬라이드 두 장이라도 넘어가는 순간 깜박하며 화면 바뀌는 티가 난다. 객석에서 이런 자막을 접했을 때는 어차피 같은 내용, 굳이 뭐 하러 슬라이드를 바꾸나 의아했다. 만드는 사람이 되어보니 이제는 안다. 자막을 만든 사람은 그렇게 해서라도 관객에게 신호를 보내고 싶은 거였다. 방금 노래 부르는 사람이 바뀌었다고, 그 차이를 알아달라고. 그는 어떻게든 조금이라도 더 많은 정보를 관객에게 전달하고 싶었으리라.

"한 편의 단편소설을 써내고 그것을 찬찬히 다시 읽어보고 쉼표 몇 개를 삭제하고, 그러고는 다시 한 번 읽어보고 똑같은 자리에 다시 쉼표를 찍어 넣을 때, 나는 그 단편소설이 완성되었다는 것을 깨닫는다."

『직업으로서의 소설가』에서 무라카미 하루키는 소설가 레이먼드 카버의 말을 빌려 이야기한다. 하루키의 표현처럼 "이 정도가 한계다. 이 이상 더 고치면 도리어 맛이 사라질지도 모른다, 라는 미묘한 포인트"에 도달할 때까지 쉼표 같은 디테일에도 고민을 거듭하기, 이런 집착이 모여서 뭐라 꼬집어 설명할 수는 없어도 확연히 느낄 수 있는 차이가 만들어진다고 나는 믿는다. 그러기를 바란다. 대본집으로 출판되지도, 영상으로 기록되지도 않아 무대에서 공연이 펼쳐지는 짧은 시간 쓸모를 다하고 덧없이 사라지는 자막에서도 말이다.*

그런데 아이러니하게도 좋은 자막, 잘 만든 자막이란 너무 자연스러워서 관객이 그 존재조차 인지하지 못하는 자막이라고도 한다.

"공연 잘 봤어요!"

"오, 자막은 어땠어요?"

"…자막이 있었어요?"

관객은 어디까지나 무대 위에서 펼쳐지는 공연을 즐기러 온 것이니 화면 속 자막을 읽느라 정작 무대에 집중하지 못하게 해서는 안 된다. 자막이 없어도 관객은 이미 바쁘다. 귀로 노래도 들어야 하고 눈으로 배우 얼굴과 연기, 의상과 무대장치까지 봐야한다.

---

* 무대 공연에 쓰이는 자막과 공연 영상용 자막은 서로 다르다.

이를테면 극의 초반, 하녀 아델레의 첫 등장은 경쾌한 웃음소리와 함께다. "하하하하!" 가사는 단지 '하하하하'에 불과하지만 가사에 붙은 음악은 세 마디에 걸쳐 폭포수처럼 떨어진다. 아델레 역을 맡은 소프라노는 이 세 마디에서 밝고 가볍게 움직이는 목소리로 자신의 거침없는 성격을 드러낼 것이다. 웃음이 그치면 오케스트라의 반주 한 마디를 기다렸다가 본격적으로 노래를 시작한다.

　　웃음 소리와 다음 가사를 한 화면에 담아도 크게 문제되지 않는다. 짧은 대사들이니 자리도 충분하고, 노래 속도도 읽을 시간을 주기에 충분한다. 내용만 봤을 때는 이 편이 오히려 깔끔하다.

　　하하하하! 이다 언니가 뭐라고 썼지?
　　언니는 발레단에 있잖아

　　하지만 이런 자막을 내보내면 관객은 아델레가 세 마디에 걸친 '하하하하!'로 기량을 뽐내며 캐릭터를 구축하는 동안 음악을 듣는 대신 화면에 뜬 다음 가사를 읽고 있을 거다. 눈앞에 보이면 본능적으로 읽을 수밖에 없다. 그래서 일부러 자막을 셋으로 나눈다. '하하하하!' 하나. 오케스트라가 한 마디를 연주하는 동안 블랭크(blank) 화면 하나. 그리고 본격적으로 노래를 시작하는 시점에 띄울 자막 하나.

하하하하!

이다 언니가 뭐라고 썼지?
언니는 발레단에 있잖아

　이렇게 쪼개면 첫 '하하하하' 동안 관객은 흘 끗 자막에 시선을 던진 후 노래에 집중할 수 있다. 나는 자막을 셋으로 나누는 것으로 '지금은 부디 가수의 노래를 들어주세요'라는 메시지를 관객에게 보낸다.
　관객이 자막에 신경 쓰지 않게 하려면 오히려 그들에게 자막에 쏟을 충분한 시간을 주어야 한다. 이 공연은 내가 자막 읽을 시간을 충분히 주는구나 하고 관객이 가능한 한 빨리 마음을 놓도록 만드는 편이 좋다. 관객과의 신뢰 관계를 공연 초반에 구축하는 것이다.
　'당신에게 자막 읽을 시간을 충분히 드리겠어요. 그러니 다소 긴 자막이 등장해도 당황하지 마세요. 빨리 읽어놓지 않으면 놓칠지 모른다는 압박감

에 무대에서 시선을 아예 떼버리지는 마세요.'

물론 캐릭터의 성격이나 가사의 뉘앙스를 유지하는 한에서 자막을 되도록 간결하게 만드는 것도 방법이다. 한자어를 쓰면 가장 손쉽게 축약할 수 있지만 쉽게 글이 딱딱해진다.

팔케 박사가 당장 감옥에 출두해야 하는 친구 아이젠슈타인을 찾아가 부르는 노래의 일부다.

전대미문의 만찬이 오늘 우리에게 손짓하네

이렇게 쓰면 원문에 충실하면서 길이도 적당하다. 그러나 이 문장은 무대 위 가수의 연기와 노래가 동시에 맞물려 돌아간다. 아이젠슈타인의 아내 로잘린데가 자리를 비우자마자 팔케는 자세를 고쳐 잡고 설득에 들어간다. 감옥 따위 내일 새벽 일찍 가고 먼저 여자들을 만나러 파티에 가자고 건강에 회춘까지 들먹이며 아이젠슈타인을 꼬신다. 감옥에서 몸을 상하기 전 즐거운 시간을 보내 몸을 보해야 한다는 논리다.

마침내 설득에 성공한 팔케 박사의 음악은 까불까불하다. 리듬은 잘게 쪼개져 쫄고 튀어오른다. 마치 아무도 말리지 못할 개구쟁이가 엄청난 장난을 앞두고 폴짝폴짝 뛰어다니는 모습 같다. 무대 위 가수도 같은 톤으로 연기할 것이다. 이런 상황에서 '전대미문'은 의미나 길이로는 합격이겠지만 음악과 극을 담지 못한다. 결국 '최고의 만찬이 오늘밤 우리를 유혹하네'로 의역했다. 'Souper'는 저녁에 먹는 만찬이니 '오늘'을 '오늘밤'으로 바꿔서 퉁쳤다.

모든 번역이 그렇지만 특히 오페라 자막은 끊임없이 타협점을 찾아야 한다. 아마 그래서 내가 이 작업에 한없이 매혹되나 보다. 서로 상충하는 제약 속에서 종합적인 맥락을 읽고 순간 순간 최선의 선택을 내려야 하니 말이다.

게다가 오페라 자막은 타협해야 할 대상이 언어 안에만 있지 않다. 언어만큼 중요한 음악과 무대 또한 녹여내야 한다. 음악은 애간장 녹일 듯 부드럽고 절절한데 자막의 언어가 딱딱하면 산통이 깨진다. 무대 위 연출은 모던한데 자막에서 '주인마님'을 찾고 있으면 실소가 새어 나온다.

글의 순서가 고민되기도 한다. 비록 우리말에 더 자연스러운 어순으로 자막을 내보내더라도 원어로 노래하는 무대 위 가수는 당연히 원어 가사의 내용에 맞춰 연기한다. 이 작은 차이로 간혹 다음 자막이 나올 때까지 무대 위 배우의 동작이 이해가 안 되기도 한다. 무대 위 흐름과 맞물리도록 어색한 어순으로 두어야 하나, 물 흐르듯 자연스럽게 읽히도록 바꿔야 하나. 이런 모든 요소들을 고려해 그때 그때 적합하다고 생각되는 해결책을 고른다.

리허설, 그리고 그 후. 음향실.

어느새 리허설이 시작할 시간이다. 황급히 음향실로 들어서서 자막을 무대 위 스크린에 띄운다. 눈앞의 11인치 모니터에 꽉 채워서 볼 때와 큰 무대의 일부로 보는 자막의 느낌은 완전히 다르다. 상대적으로 작아진 자막 크기만큼 내 자의식의 크기도 줄어들고 원문에 충실하고자 무리했던 글들은 무대와 함께 보는 순간 빨간색 밑줄이 그어진 듯 보인다. 그런 글들은 자막이 혼자 튀지 않게 전체 공연의 일부로 부드럽게 녹아드는 쪽으로 수정한다. "있는지도 모르게, 있는지도 모르게" 주문을 외우며 말이다.

작품에 따라 확고한 목표가 있으면 일관된 결정을 내리는 데 도움이 된다. 이번 〈박쥐〉 자막에서 나의 목표는 하나다. 가볍게 즐기도록 만들어진 공연이니만큼 자막을 읽고 이해하는 데 전혀 부담이 없도록 한다. 독일어 원문에 충실하기보다는 그 정수는 유지한 채 가급적이면 한국 관객에게 편안한 쪽으로 가져오도록 유연하게 움직이기, 그것이 나의 전략이었다.

이번 공연은 무대 위 연습이 단 한 번뿐이라 정신을 바짝 차렸지만 그래도 아쉽다. 한두 번만 더 무대와 함께 볼 수 있었어도 더 좋은 자막을 만들었을 텐데 정신없이 수정할 부분을 표시하다가 리허설이 끝났다. 그래도 아쉬운 부분이 확실해졌다. 고쳐야 할 문장들을 찾은 것만도 큰 성과지만 그 양은 적지 않다.

극장이 문을 닫기 전에 바쁘게 자막 오퍼레이터(공연 때 실제로 자막을 내보내는 사람) S와 수정할 부분을 정리하고 있는데 조명감독이 무선을 보냈다. 2층 뒷좌석과 3층 좌석 전반에서 조명기기에 자막 일부가 가린다고 한다. 급히 행간을 줄이고 자막 전체를 스크린 하단으로 옮겼지만 그럼에도 자막이 세 줄이 되면 여전히 일부가 잘린다. 내용 수정이 불가피하다.

오페라 자막을 만들 때 어려운 부분 중 하나다. 모든 문장에서 마침표를 생략해가며 공간을 한 칸이라도 아끼면 공연 내내 한 화면에 최대 두 줄을 유지할 수 있다. 두 명이 함께 노래하는 듀엣까지만 해도 이 원칙을 지킬 수 있다. 한 줄에 한 사람씩 대사를 담으면 된다. 그런데 오페라에서 삼중창 이상이 되어 등장인물들이 서로 다른 가사의 노래를 하기 시작하면 아… 그때부터 힘들다. 불가피하게 자막은 세 줄을 넘어가기 마련이다. 한 줄에 담을 수 있는 글자 수는 제한되니 화면 전환 속도 역시 빨라질 수밖에 없다. 세 줄 네 줄 분량의 자막이 빠르게 변할 때 그걸 읽고 내용을 파악할 수 있는 사람은 아무도 없다.

애초에 삼중창을 귀로 듣는다 해서 사람들이 각각의 가사를 다 분리해서 알아듣는 것도 아니지 않은가 생각하면 할 말은 없지만, 그렇다고 처음부터 포기하고 되는 대로 만들어 내보낼 수도 없는 노릇이다. 게다가 세 줄이 되면 일부 객석에서 자막이 안 보인다니 어떻게든 방법을 강구해야 한다. 수정해야 할 리스트에 자막이 세 줄인 부분들을 모두 더하고 극장을 나섰다. 전부 정확히 옮겨서 아무도 이해하지 못 할 바에는 단호하게 버릴 건 버리고 가기로 다짐하며.

리허설이 끝난 밤. 집.

리허설이 저녁 여섯 시에 시작한 탓에 집에 돌아오니 이미 늦은 시간이다. 리허설 도중에 급하게 휘갈긴 메모며 그때그때 받은 인상들을 잊기 전에 정리하고 영 미진한 부분들을 다시 잡고 늘어진다.

언어유희나 운율은 늘 고민스럽다. 자막 만들 시간이 충분하거나 드물게 운율을 쓴 작품은 되도록 우리말로도 그 느낌을 살리려고 노력하지만, 이번처럼 연습 기간도 짧고 운율이 많이 쓰인 작품은 어느 정도는 포기하고 들어갈 수밖에 없다.

그럼에도 꼭 살리고 싶은 언어유희가 있기 마련이다. 2막 피날레가 그렇다. 화려한 만찬이 절정을 지날 무렵, 술과 분위기에 취해 흥이 오를 대로 오른 파티 손님들은 서로에게 급작스러운 친밀감과 인류애를 느낀다. 이 분위기를 놓치지 않고 팔케 박사가 제안한다. 우리 모두 형제자매가 되어 서로를 "Du"라고 부르지 않겠냐고.

뭉뚱그려 설명하자면 독일어의 Sie(당신)와 Du(너)는 존댓말과 반말이지만 우리말에 딱 들어맞는 설명은 아니다. 공연은 책이 아니니 주석을 달아 주구장창 설명할 수도 없다. 그렇다고 아무 부연설명 없이 "이제 우리 서로를 "너"라고 부릅시다"로 직역할 수도 없다.

　게다가 음악 후반부에는 모든 파티 손님들이 팔케의 제안을 받아들여 이 '두'를 발전시켜 "두이두, 두이두-(Duidu, Duidu-)"라고 후렴구를 부른다. 이 느낌을 우리말로 살리고 싶은데 참 어렵다. 혹시라도 아이디어가 떠올까, 반복해서 합창을 듣는다. 한없이 감미로운 음악에 이 합창을 부르는 동안만큼은 과연 오를로프스키 왕자인들 '너'라고 불려도 용서할 것 같다. 오를로프스키 왕자를 오 부장으로 바꿔 생각해봤다. 아니, 오 부장은 용서하지 않을 거야. 그냥 '너'로 번역해볼까 하는 유혹을 떨쳐낸다. 결국 적당히 타협한 의역으로 정리.

　형제여, 형제자매여,
　우리 모두 오랜 벗인 듯 조금 더 친밀하게

　아쉽게도 후렴구인 '두이두-'와의 연결은 뾰족한 수를 찾지 못했다. '두이두' 자체는 큰 의미를 갖지 않으니 자막을 내보내지 않고 블랭크로 두기로 했다. 이 부분은 타협할 수밖에 없었지만 다른 말장난은 지켜냈다.

Rache will ich! Ra ra ra ra ra Rache will ich!
(복수는 내가 할 거야! 복 복 복 복 복 복수는 내가
할 거야!)

직역하자면 저런 뜻인데 Rache(복수)의 첫 음
절 '라'와 분노에 가득 차 빠르게 상승하는 멜로디
에 얹힌 '라라라라라라'를 연결하는 말장난이 웃음 포
인트다. '라면은 내가 먹을 거야! 라라라라라라 라
면은 내가 먹을 거야!'와 비슷하달까.

앙갚음할 거야! 앙 앙 앙 앙 앙 앙갚음할 거야!
돌려줄 거야! 돌 돌 돌 돌 돌 돌려줄 거야!

여러 선택지 중에 고심하다 말장난이 지나치게
튀지 않도록 정리.

복수는 내가 할 거야! 나 나 나 나 나 내가 할
거야!

뿌듯하다. 웃긴 것 같다. 관객도 같이 웃어주면
좋겠다.

공연 당일. 극장으로 향하는 지하철.

공연 당일, 극장으로 향하는 지하철에서 비장한 기분으로 랩탑을 꺼냈다. 내가 최고의 집중력과 창의력을 발휘하는 때는 언제나 결과물을 내놓으러 가는 길, 대중교통 안이다. 시시각각 가까워지는 목적지, 명확히 한정된 시간에 더해 자유롭지 못한 인터넷 연결까지, 더 이상 물러날 곳이 없다는 압박에 오롯이 집중한 두뇌가 풀가동된다.

폰트를 40포인트로 랩탑 화면이 꽉 차도록 파워포인트를 띄워놓고 작업하는데 옆자리 수녀님의 시선이 느껴진다. 곁눈질로 모니터를 지켜보고 계신다. 갑자기 대사가 신경 쓰인다.

"함부로 만지지 말아요."

"때려눕히고 싶네."

"어젯밤 내내 젊은 여자들에게 둘러싸여 있었다니까요."

차라리 말을 걸어주시면 설명해드릴 텐데. 수녀님의 따가운 눈초리에도 몇 군데만 빼고 모두 수정을 마쳤다. 이 부분들은 결국 무대와 함께 보아야 답을 알 것 같다.

〈박쥐〉1막 공연 중. 음향실.

극장에 도착하자마자 음향실로 달려가 스크린에 자막을 띄우고 관객 입장 직전까지 수정을 이어갔다. 객석 오픈 방송을 극장 로비로 내보내달라고 지시하는 무대감독의 인터컴이 들려온다. 황급히 스크린에서 자막을 내린다. 아슬아슬했지만 수정할 곳은 모두 수정했다.

이윽고 공연이 시작하자 자막을 진행하는 음향실 안을 두 세계의 소리가 동시에 채운다. 무대 위에서 열창하는 가수의 목소리 위로 인터컴으로 무대감독의 침착하고 나즈막한 목소리가 간간히 얹힌다. 이 두 소리가 섞일 때 희열을 느낀다. 한류와 난류의 중간 지점에서 양쪽을 오가며 헤엄치는 물고기가 된 기분이다. 1막이 무사히 끝나고, 공연의 나머지는 객석으로 내려가 관객의 반응을 살피기로 했다. 자막은 믿음직한 오퍼레이터 S가 내보내줄 것이다.

〈박쥐〉2·3막 공연 중. 2층 객석 맨 뒷줄.

공연이 재개된다. 사방이 벽으로 밀폐된 음향실

에서 체감한 것보다 관객이 더 자주, 더 크게 웃는다. 안도의 한숨을 내쉰다. 내 앞줄 대각선에 앉은 관객이 졸고 있다. 한숨이 나온다. 애써 생각해낸 농담에 관객이 웃음을 터트린다. 무한한 감사의 마음이 차오른다. 내가 만든 대사나 자막보다 의상이나 배우들의 동작이 만들어낸 코미디에 관객 반응이 더 좋은 것 같다. 기쁘지만 마음 한 켠이 쓰리다. 공연을 보는 내 관객의 일거수일투족에 감정이 널뛴다.

그간 들인 시간에 비해 허무하다 싶을 만큼 공연이 금세 끝났다. 똑같은 공연을 무대에 올리지 않는 한 관객이 이 자막을 다시 볼 일은 없을 것이다. 그래도 공연을 보며 아쉬웠던 점을 잊기 전에 얼른 정리해놓는다. 아쉬우나마 2막의 두이두를 살릴 수 있었을지도 모르겠다, 의외로 간단히.

형제여, 형제자매여,
오랜 벗인 듯 조금 더 친밀하게, 우리 모두

두이두, 두이두, 두이두-

공연 후. 집.

공연 리뷰를 검색했다. 한 블로거가 번역에 대해 칭찬했다. '시대에 맞는', '유쾌한', '아주 잘 된 번역' 같은 문구가 쏙쏙 눈에 들어온다. 빵 터진 대목이라며 몇몇 대사와 가사를 옮겼는데 고심해 심어놓은 유머다. 내 마음이 적어도 한 명에게는 가닿았구나.

'번역하다'라는 단어는 독어로 Übersetzen, 저쪽에(Über) 가져다놓다(setzen)이다. 이 동사를 볼 때마다 주섬주섬 배에 짐을 싣고 강 건너 사람들에게 건네다주는 뱃사공이 떠오른다. 누군가에게 가닿기 위해 끊임없이 말을 고르고 음악을 담는 일이라 오페라 자막 작업이 좋다. 이번엔 19세기 말 오스트리아 빈에서 실은 짐을 21세기 한국 관객에게 전달했다. 시간과 공간의 경계를 넘는 배의 노는 제가 저을게요. 무대 너머 당신은 그저 무대를 즐겨주세요. 마치 자막이 없는 것처럼.

균형 잡힌 항해

예술의전당은 한때 여름마다 오페라 〈마술피리〉를 어린이용으로 제작했다. 슬픔을 기쁨으로 변화시키고 야생동물마저 춤추게 만드는 마술피리, 초상화만 봐도 사랑에 빠질 만큼 아름다운 공주, 여섯 마리 사자가 끄는 마차를 타고 등장하는 태양의 사제…. 〈마술피리〉는 마치 아이들 동화 같은 모습을 하고 있다. 비록 그 이면에는 프리메이슨, 계몽주의, 밤의 여왕과 태양의 사제 같은 온갖 기호와 이념이 어수선하게 뒤섞여 오랜 세월 학자들을 괴롭혀왔지만 말이다.

어린이 〈마술피리〉의 담당자이던 시절, 나는 늘 공연 한 시간 전에 극장 로비로 내려갔다. 객석과 로비의 평화를 책임지는 하우스매니저에게 "오늘은 어떻게 좀 할 만해요?" 물으면 으레 "어휴, 죽겠어요" 같은 답이 돌아왔다. 관객을 안내하고 극장 질서를 유지하는 어텐던트들은 돌아가며 공연을 배정받았는데 〈마술피리〉가 '걸리면' 다들 땅이 꺼져라 한숨부터 내쉰다고 했다.

원작을 줄인다고 줄여도 러닝타임이 두 시간이었다. 관람 연령의 하한선은 6세지만 상한선은 없는 탓에 '공연 한 편 보고 증거로 티켓 가져오기' 같은 방학 숙제를 해치우려는 중학생 관객도 적지 않왔다. 여섯 살 어린이와 열댓 살 청소년이 모두 재밌다고 느끼는 무대란 애초에 지구상에 존재하지 않을 것이다. 그런데 여섯 살부터 열댓 살 사이의 아이들 8백 명 정도를 어두운 공간에 몰아넣고 두 시간 동안 의자에 꼼짝 말고 앉아 있으라니, 이건 어른들 잘 못이 맞다. 특히나 많은 부모가 애꿎은 아이들만 극장에 밀어넣는 바람에 옆에서 진득하게 공연장 에티켓을 가르치거나 내용을 설명해줄 사람이 없어 객석 안은 더욱 통제가 어려웠다.

그날도 좁은 극장 로비가 너른 운동장인 양 알뜰히 뛰어다니던 아이들을 모두 극장에 욱여넣었다. 비교적 제시간에 무사히 공연이 시작했으니 안심하고 백스테이지로 향했다. 그날은 동료 W가 동행했다. 무대 옆 윙에 서서 객석 반응을 살피느라 여념이 없는데 감탄인지 탄식인지 모를 W의 혼잣말이 들려왔다.

"그렇지, 저게 진짜 사람 사는 맛이지⋯."

깜짝 놀라 그를 쳐다보니 본의 아니게 속내를 드러낸 게 무안했는지 묻지도 않은 부연 설명을 덧붙였다.

"나 같은 소시민은 말이죠. 고난과 역경 극복하고 쟁취하는 고귀한 삶, 그런 거 줘도 싫구요. 저

기 파파게노처럼 가정 꾸리고 알콩달콩 행복하게 사
는 게 최고예요."

　　무대 위 파파게노는 외로움을 못 이긴 나머지
나무에 목을 매려 했다. 그 순간 그토록 찾아 헤매던
파트너 파파게나가 나타나고 서로를 얻은 기쁨에,
새 가족을 꾸려갈 희망에 달떠 말까지 더듬어가며
노래한다.

　　얼마나 큰 기쁨일까
　　신이 우리에게
　　작고 사랑스러운 아이들을 보내주신다면
　　너무도 작고 사랑스러운 아이들을!
　　처음엔 작은 파파게노를
　　다음엔 작은 파파게나를
　　무엇에 비길 행복일까
　　얼마나 큰 축복일까
　　많고 많은 파파게노와 파파게나의
　　부모가 된다면

　　채 3분이 되지 않는 듀엣이다. 하지만 크리스
마스 아침, 고대하던 선물을 두 손에 받아든 아이가
날카로운 비명을 지르며 팔짝팔짝 뛰는 듯한 기쁨이

모차르트의 음악에서 넘쳐 흘러 듣는 이를 설득하기에 충분했다.

그렇구나, 세상에 아이보다 큰 축복은 없구나. 무대에서 흘러나온 빛에 어슴푸레 보이는 W의 얼굴이 어찌나 막막한지 가슴이 뭉클해졌다.

그러나 음악이 끝나고 마술이 풀리면서 다시 생각하게 되는 것이었다. 객석에서 난동을 부리고 있는 저 시끄럽고, 더럽고, 무례한 아이들이 세상에서 가장 큰 축복이라고?

마션 테라피

"아무래도 ×됐다(I'm fucked)."

소설 『마션』의 첫 문장이다. 그리고 아무리 생각해도 이보다 정확히 나를 묘사할 수 있는 문장은 없었다. 정신 차리고 보니 훌쩍 30대 중반을 넘어섰는데 아이가 생기지 않았다. 원인이 따로 있는 것도 아니었다. 아이가 생겨봐야 파파게노의 말처럼 더할 나위 없는 축복인지 아닌지 알기라도 할 텐데 갖은 수를 써봐도 소용이 없었다.

문득 고개를 들면 시선 닿는 모든 곳에 임신부

와 아이 들이 있었다. 엄마 품에 폭 안겨 곤히 잠든 아기, 아빠와 눈을 맞추며 만족스럽다는 듯 옹알이를 늘어놓는 아기, 짧은 두 다리가 마음 같지 않아 네 발 강아지에게 끌려다니며 산책당하는 아이. 그 아이들에게서는 빛이 났다. 반딧불이마냥 아이들만 따로 배 속이나 꽁무니에 발광 물질이 든 것도 아닐 테니 틀림없이 생물학적으로 불가능한데, 어떻게 하는지는 몰라도 아이들은 제 스스로 빛을 내고 있었다. 그 많은 아이 중 아무도 나의 아이가 아니었다. 세상이 온통 아이들로 가득 차 있는데 이 세상 어디에도 나의 작은 아이는 보이지 않았다.

그래서 울었다. 길을 걷다가 울고, 머리를 감다가 울고, 공원 벤치에 화장실 변기에 앉아서도 울고 또 울었다. 아이만 보면 울었다. 땅을 보고 걷는 습관이 생겼다.

오랜 난임치료 끝에 최후의 방법으로 시험관 시술을 시작했다. 시험관 시술은 늘 세 명의 선수에게 밀착방어를 당하며 결승선을 향해 달리는 경기와 같다. 선수들의 포지션은 각각 경제적, 육체적, 심리적 압박이다. 이 세 선수의 팀워크는 최강이라 빠져나갈 틈 따위는 허락하지 않는다. 필사적으로 철벽 방어를 뚫고 결승선에 도착한들, 그것이 곧 성공을 의미하는 것도 아니다. "꽝! 다음 기회에! 다시 출발점으로" 카드를 받으면 원점부터 시작해야 한다. 어떤 카드를 받을지는 무작위에 가까워 보였다. 결승선을 통과하기 전까지는 그런 과정을, 희망과 절망 사이를 무한 셔틀한다. 성공할 때까지 아니면 포기할 때까지.

난임치료의 진정한 어려움은 바로 거기에 있다. 일반적인 질병의 치료와 다르게 내게 선택권이 있다는 점, 정기적으로 병원을 다니고 적극적인 의학의 개입을 필요로 하지만 엄밀히 따지자면 환자는 아니라는 점, 그래서 언제라도 포기를 '선택'할 수도 있다는 점이 사람을 괴롭게 한다. 어디까지가 간절한 바람이고 어느 시점부터 집착이고 미련이며 욕심인가. 몇 번의 사이클을 실패해야, 몇 년을 노력한 후에야 나는 최선을 다했다고, 내게는 아이가 허락되지 않는다고 받아들이고 체념할 수 있을까. '아이'를 위해가 아니라 '아이를 갖기' 위해 나는 어디까지 희생할 수 있을까. 0이 아닌 마이너스 좌표 어딘가에 나의 출발점이 있었다.

스스로 시술을 선택하는 순간부터 내 몸은 나의 통제 밖으로 벗어난다. 나는 한 마리 실험실 쥐가 되어 제 몸을 상하게 하는 지시를 착실히 따라 아침 저녁으로 스스로 주사를 놓고 줄줄이 약을 삼킨다. 온전한 정신을 유지하려면 무엇이든 꽉 움켜쥘 대상이 간절했다. 그래서 생명줄이라도 되는 양 영화 〈마션〉을 붙들고 매달렸다.

〈마션〉의 마크는 사고로 화성에 혼자 남겨졌다. 그가 죽었다고 믿은 동료 대원들은 화성을 떠났고, NASA에서는 성대한 장례식까지 치렀다. 이들의 오해를 바로잡으려면 8천만 킬로미터 떨어진 지구와 교신부터 해야 하는데 정작 통신장치는 고장났다. 그는 스스로를 구출해야 했고, 구출 전에 일단 살아남아야 했다. 살아남지 못할 경우를 대비해 저널을 기록하던 그는 어느 순간 스스로에게 선언한다. "난 여기서 죽지 않아." 이제 이것은 하나의 명제이자 동시에 그가 선택한 참이다.

명제: 마크 와트니는 화성에서 죽지 않는다.

이 명제를 참으로 만들기 위해 마크는 상황을 분석하고 해결해야 할 과제의 목록을 만든다. 문제 하나하나가 녹록지 않다. 하지만 절망적인 상황 속에서도 마크는 건조한 태도를 유지한다. 그는 모든 것이 잘못되고 이제는 끝이라고 생각될 때, 그 지점부터 문제를 풀어나간다. 그리고 다음 문제를, 그리고 그다음 문제를, '집에 돌아갈 수 있을 때까지' 와 트니는 화성에서 죽지 않는다는 정답을 도출하고자 차곡차곡 문제 풀이를 계속한다. 이 과정은 지극히 기계적이어서 불필요한 감정과 감상, 자기연민이 개입하지 않는다. 물론 자백을 가미한 약간의 유머만큼은 빼놓을 수 없다. 탈출 계획의 첫 단계에 실패했을 때 그는 다만 이렇게 기록할 따름이다.

"그토록 멋진 나의 모든 계획이 열역학에 좌절되다니, 빌어먹을 엔트로피!"

현실에 압도되어 옴쭉달싹 못 하던 나도 마크처럼 접근해야 했다. '만사 제치고 또 시험관을 했는데 이번에도 실패다. 그냥 인생의 실패자가 된 것 같다. 몸도 마음도 만신창이다. 중단된 내 커리어는 어떻게 되는 걸까. 지금까지 쏟아부은 돈이면 이탈리아 일주를 했겠네. 죽고 싶다'가 아니라 '최종 임신테스트 결과, 융모 생식샘 자극 호르몬이 검출되지 않아 음성 판정을 받았다. 호르몬 증진을 위해 개선할 요인들을 의사와 논의해볼 것', 이런 태도가 필요했다.

그래서 〈마션〉을 붙들었다. 보고 또 보다 보면 마크의 톤과 리듬에 물들어 나 또한 차분해졌다. 맞닥뜨린 문제를 직시하고 분석하되 그 외의 의미나 무게를 부여하지 않았다. 군더더기를 쳐내고 문제의 뼈대만 남기고 나니 감정에 매몰되지 않고 생산적인 해결책을 모색할 수 있을 것 같았다. 마지막은 언제나 가장 좋아하는 마크의 대사를 복창하는 것으로 마무리했다.

"이 말도 안 되는 상황을 헤쳐나갈 방법은 딱 하나다. ×나게 과학질을 해야 한다."

난임과 더불어 나를 "×"으로 만든 두 번째 어려움은 '마션 테라피'로는 해결될 수 없는 성질의 문제였다. 자연스레 찾아오지 않는 새 생명을 세상에 데려오려고 자신의 전부를 쏟아붓다 보면 어느 순간 멍하니 멈춰 서서 삶의 모든 측면을 반추하게 된다.

내가 왜 이렇게까지 해야 하지, 세상이 그럴 만한 가치가 있는 곳인가, 인생은 살아볼 만한가(나는 잘 살고 있나), 내게 가족이란 어떤 의미를 지니는가 같은 근원적인 질문들 말이다. 질문과 더불어 애써 억눌러놓은 오래된 상처들이 슬그머니 그러나 또렷이 고개를 쳐들었다. 난임치료의 또 다른 어려운 점이다. 자신이 이미 안고 있던 취약점이 무엇이었든 그 환부를 훤히 들쑤셔 덧나게 한다. 하필 약의 또 다른 부작용이 불면증이어서 아무리 뒤척여도 밤은 길게 남아 있었다.

행여 도움이 될까 하여 괜찮다고, 조심조심 다독여주는 유의 책들을 꾸역꾸역 읽다 보면 버럭 소리지르며 책장을 갈기갈기 찢어버리고 싶어졌다. 괜찮지 않다! 괜찮지 않아, 괜찮지 않다구! 왜 모든 것이 꼭 괜찮아야 돼? 하나도 괜찮지 않은데 뭐가 어떻게 괜찮을 수 있냐고.

정말 괜찮지 않았다. 억눌린 감정들을 마주하고 헤아려 이름 붙일 수 없었다. 형태를 갖추어 입 밖으로 나오지 못한 감정은 속으로 파고들어 구멍을 내고 사람을 아프게 했다. 극단적인 감정들이 독을 뿜어 몸과 마음 전체에 스며들었고, 나는 서서히 시들어가고 있었다.

번역가이자 비교문화학자 수전 바스넷은 '시의 힘(The Power of Poetry)'이라는 글에서 사랑하는 반려자 조프리의 죽음을 회고한다. 조프리를 잃고 슬픔에 짓눌린 그는 한동안 글을 쓸 수 없었다고 한다. 글을 쓰고자 종이 한 장을 책상에 올려놓아도 흰 종이의 텅 빈 여백마저 자신의 상실을 상기시켰기 때문이다. 차마 자신의 언어로 스스로를 표현할 수 없던 그는 한동안 스페인 시인 안토니오 마사두의 시

한 편을 번역하는 데 매달렸다. 마사두가 젊은 아내 레오노어를 잃고 쓴 시였다. 바스넷은 그의 시를 곱씹으며 같은 울림을 지닐 시어를 모국어에서 고르고 골랐다. 그리고 그 오랜 작업에서 누군가 자신과 동일한 슬픔을 겪었고, 시공간을 초월한 그 고통을 한 편의 아름다운 시로 승화시켜냈다는 사실에 큰 위안을 얻었다고 했다.

오페라 테라피

바스넷에게 마사두의 시가 있었다면 나에게는 오페라가 있었다. 누구의 슬픔이어도 괜찮았고 어떤 종류의 고통이어도 상관없었다. 그저 그 깊은 감정을 정제된 형식으로 붙잡아 표현해주기만 하면 됐다. 흐트러짐 없는 아름다움으로 말이다. 울 땐 울더라도 짐승의 소리로 울고 싶지는 않았다. 그래서 사람의 내밀한 감정을 응시하고 표현하는 일이 업인 이들의 목소리가 필요했다. 아름다운 소리로 나 대신 정교하게 울어주길 바랐다.

슬픔, 원망, 외로움, 두려움, 증오…, 어두운 감정들이 엉망으로 뒤엉켜 찰랑찰랑 차올라 위험 수위에 접근하면 떨리는 손으로 약장 속 진통제 찾듯 오페라를 찾았다. 지난 10여 년간 오페라를 찾아 유럽 전역을 부지런히 돌아다닌 보람이 있었다.

나는 나락에서 몸부림치는 인물들이 가장 비참한 순간 부르는 노래들을 꿰고 있었다. 그러므로 내 감정을 부정하거나 회피하지 않고 최대한 증폭시키는 데 가장 적절한 아리아를 세심하게 골랐다. 나는 나의 가장 믿을 만한 바텐더이자 소믈리에인 동시에 주치의였다. 감정에 적절한 장작을 넣고 불을 지펴 끓어 넘치게 만들면 당분간 버틸 수 있었다.

이를테면 말뚝에 굴레 매인 소처럼 몇 년째 같은 고민 주위를 빙글빙글 돌던 날은 집도 절도 다 버리고 떠나겠다는 왈리의 단호한 결심을 들었다. 그래, 너라도 떠나렴(잠깐, 너는 오페라 마지막에 산골짜기로 몸을 던지던가?)

그렇다면! 나는 멀리 떠나겠어요
하얀 눈더미 속으로
금빛 구름 사이로
자애로운 교회 종소리 흩어지듯
희망이 절망이고
절망이고 슬픔인 곳으로!

거울 속에서 문득 흰머리를 한 움큼 발견한 날, 무자비한 시계 소리를 참을 수 없을 때는 〈돈 카를로〉의 필립보 왕 옆에 앉았다. 꺼져가는 초의 마지막 연기인 듯, 왕의 무거운 한숨인 듯 첼로 솔로가 깊이 가라앉고 필립보 왕이 나직이 중얼거린다.

여기는 어디인가?
초가 다 타가는구나!
새벽이 발코니를 밝히고
날이 밝아오는군
찬찬히 나의 시간은 스쳐가는데
잠은, 오 신이여,
내 늘어진 눈꺼풀에서 사라졌다오

서서히 어둠에 잠식되어갈 때는 디도의 탄식에 기댔다. 카르타고의 여왕 디도의 이야기는 2천년 전 로마의 시인 베르길리우스의 장편시 〈아이네이스〉에 등장한다. 헨리 퍼셀의 오페라 〈디도와 에네아스〉에서 디도는 트로이의 왕족 에네아스와 사랑에 빠지지만 짧은 사랑 끝에 홀로 남겨진다. 디도는 스스로 목숨을 끊기 전 시녀 벨린다의 가슴에 기대어 작별 인사로 〈디도의 탄식〉을 건넨다.

벨린다, 그대의 손을 내게 다오
어둠이 덮쳐 오는구나
그대 가슴에 기대 쉬게 해주오
조금 더 머무르고 싶지만
죽음이 엄습하는구나
죽음은 이제 반가운 손님일 뿐

죽음을 택한 디도가 노래를 시작할 때, 아니 디도의 의도는 아무래도 상관없다는 듯 노래를 시작하기 전부터 베이스 선율은 이미 아래로, 곧 디도가 묻힐 땅을 향하듯 천천히 걸음을 옮긴다. 반음 또 반음 우아한 발걸음이지만 동시에 가차 없어 제 갈 곳을 향해 움직임을 멈추지 않는다. 목적지인 음표에 다다르면 다시 첫 음으로 돌아가 걸음을 반복할 따름이다.

'탄식의 베이스'라 불리는 이 베이스 라인은 수백 년 동안 시공을 초월해 사람들이 저마다의 슬픔을 표현하는 데 쓰였다. 〈디도의 탄식〉에서 탄식의 베이스는 노래가 끝날 때까지, 디도가 숨을 거둘 때까지 무자비하게 계속된다. 무엇을 한들 디도는 벗어날 수 없다. 체념하고 받아들이는 수밖에. 자신의 운명을, 비록 그것이 죽음이라 할지라도. 그리고 디도는 위엄 있는 여왕으로 죽음을 맞이한다.

> 나 죽어 땅에 묻힐 때
> 이 나의 잘못으로 인해
> 그대 가슴에 고뇌 없기를
> 날 기억해주오, 날 기억해주오
> 그러나 아, 내 운명은 잊어주오

어쩔 수 없는 것은 어쩔 수 없다. 시간은 흐르기 마련이고 어떻게 될까 상상만으로도 몸이 떨릴 만큼 귀한 사랑이어도 이별은 예정되어 있어 시간이 되면 길 잃는 법 없이 나를 찾아올 것이다. 인생은 공평하지 않으며 우리는 내 탓이 아닌 상처를 받을 테고, 감내할 수 없는 고통을 감당해야 하기도 한다. 때로는 아무리 악착같이 노력해도 아무것도 달라지지 않는다. 그게 인생이다.

그런데 이 문장 앞에 주어를 붙여보면 그래도 조금의 숨 쉴 틈이 생긴다. '내가' 어쩔 수 없는 일은 어쩔 수 없다. 숨통이 트이고 나면 자연스레 나의 태도에도, 내가 바라보는 방향에도 작은 변화가 온다. 그리고 이 작은 변화가 모든 것을 바꾼다. 나는 물을 수밖에 없다. 그럼 내가 어쩔 수 있는 일은 무엇인가?

그 단순한 질문의 답을 찾는 일은 전혀 단순하지 않다. 그러나 어렵사리 답을 찾고 나면 혹은 스스로 답을 선택하고 나면 그때부터 내가 할 일이, 할 수 있는 일이 보이기 시작한다.

어쩔 수 있는 일이라면, 그래서 어차피 해야 할 일이라면 『마션』의 마크처럼 담백하게 할 일을 한다. 어쩔 수 없는 일은 어쩔 수 없다고 받아들인다. 믿기 어려워도 버티다 보면 받아들일 수 있는 시점이 오기 마련이다.

문제를 대면하기 힘들면 머리를 모래에 묻고 외면해서라도 버텨내야 한다. 머리를 묻고 있는 동안 어차피 겪어야 할 고통이라면 머리채를 잡혀 끌려가느니 우아하게 끌어안는 편이 낫다. 그래서 오페라를 들었다. 오페라를 듣는 동안은 조금 더 의연하게 인생을 받아들일 수 있었다.

인생을 건널 때 필요한 두 날개

영국에서 시험관 시술을 진행하는 동안 한 달에 한 번, 난임 전문 카운슬링이 무료로 제공되었다.

이제 그만 다 놓아버리고 싶던 어느 날, 그러나 그렇게 포기하면 평생 스스로를 용서할 수 없을 것 같아 이러지도 저러지도 못하던 날, 불쑥 카운슬러에게 털어놓았다. 이토록 간절한데, 이 간절함이 끝내 이루어지지 않는다면 나는 어떻게 살죠? 굳이 왜 살아가야 하죠?

카운슬러는 잠시 말을 다듬는 듯 보였다. 순간 내 처지를 잊고 난처한 상황에 놓인 그가 안됐다고 생각했다. 시술의 최종 결과는 아무도 모르는 일이었다. 게다가 그는 전문가였기에 "다 잘될 거예요"라는 공허한 응원의 말로 이 난처한 상황을 모면할 수도 없었다.

예상 외로 카운슬러의 대답은 담백했다. 자신이 상담한 환자들을 기반으로 생각해보면 n번의 시도 안에 어느 쪽으로든 결론이 날 것이라고 말이다.

"n번 시도를 하다 보면 그 안에 아이가 생기거나… 비록 생기지 않더라도…"

그가 문장을 끝내기도 전에 저항하려 입을 여는 나를 황급히 말리며 그는 말을 이어갔다.

"알아요, 지금은 믿기지 않는다는 거, 도저히 믿을 수 없다는 거 잘 알아요. 하지만 나는 최선을 다했다고 스스로 납득할 수 있는 시점이 올 거예요.

인생에 아이가 주어지지 않는다는 사실을 받아들이고 그 지점에서 다시 새 삶을 계획하는 순간이, 마음이 움직이는 순간이 반드시 올 거예요."

그날부터 n이란 숫자가 북극성이라도 되는 양 길잡이로 삼았다. 일단 n까지만 가보자. 결과가 어느 쪽이든 끝이 존재한다는 사실만으로도 크게 안도할 수 있었다.

그러던 어느 날 n번의 횟수를 다 채우기 전에 기적같이 한 아이가 찾아왔다. 하지만 기적이 아니라는 사실 역시 잘 알고 있었다. 아이가 찾아온 것과 같은 확률로 아이가 찾아오지 않을 수도 있었다. 다만 그때 무슨 연유에선지 운명의 추가 반대편으로 기울었고 "꽝! 다음 기회에! 다시 출발점으로" 카드 대신 "축하합니다! 성공입니다!" 카드가 건네졌을 따름이다.

설사 끝내 아이를 얻지 못해다 해도, 나는 결국 그 사실을, 운명을 받아들일 수 있었을 것이다. 깊은 상처에 새살 돋아나듯 아이만큼은 포기할 수 없다는 굳은 마음이 슬며시 변해가는 것을 느끼던 참이었다, 아이가 찾아온 순간은.

그러나 나도 한 자리에 우두커니 서서 마냥 기다리고만 있지 않았다. 내 아이의 작은 손을 잡으러 남들보다 조금 멀리, 힘 닿는 곳까지 가장 멀리 마중 나갔다. 〈마션〉과 오페라를 양 날개 삼아 균형 잡힌 항해를 하며.

아름다움의 해상도를 높이는 작업

영화 〈쇼생크 탈출〉을 보다 새삼 한숨을 쉬었다. 삭막한 교도소에 난데없이 음악이 울려퍼지고, 홀린 듯 서 있는 죄수들 위로 레드(모건 프리먼)의 내레이션이 흐른다.

"지금도 그 두 이탈리아 숙녀들이 뭐라고 노래했는지 모른다. 사실, 알고 싶지 않다. 어떤 것들은 애써 말로 하지 않고 그대로 두는 편이 낫다. 너무 아름다워 말로 표현할 수 없고 가슴 시리게 하는 무언가를 노래했다고 생각하고 싶다."

언제 봐도 아름다운 장면이다. 그렇긴 하지만 레드, 영 찝찝하지 않아요? 뭐라고 노래했길래 그렇게 아름다웠는지 궁금하지 않아요? 제가 비슷한 처지에 있어봐서요.

내가 한예종에 다니고 있을 때 음악원은 마침 개원 10주년을 맞았고 이를 기념해 음악회를 기획했다. 예술의전당 콘서트홀에서 음악원 전원, 4백 명이 구스타프 말러의 교향곡 2번 〈부활〉을 연주하고 노래한다는 야심 찬 계획이었다. 기악과 학생들은 오케스트라 단원으로, 성악과는 합창단원으로 무대에 서는 것까진 자연스러웠다. 어차피 무대에 서겠다는 일념 하나로 학교에 들어온 아이들이다. 나 같은 이론과 학생을 비롯해서 작곡과, 지휘과 학생들, 엄연한 기악과지만 오케스트라에 속하지 않는 악기, 피아노과 학생들조차 5악장, 합창에 참여하라는 지시는 적잖이 당황스러웠다. 물론 우리 모두 나름의 역량을 인정받은 음악원 학생이지만 성악 실력을 검증받은 적은 없었다. 이런 조무래기들의 성량 따위, 그냥 성악과 애들 소리로 묻어버리려는 교수들의 계산이었는지도 모르겠다.

악보를 받고 보니 심지어 가사가 독어다. 우리로서는 최선을 다했다. 들리는 발음대로 한글로 적은 악보가 돌았고 다들 머리를 맞대고 꾹꾹 베껴 썼다. 그런데 공교롭게도 합창 지도를 맡은 합창지휘과 B 교수는 모국어에 자부심이 강한 독일인이었다. 그는 상대방의 독어가 완벽하지 않으면 차라리 양쪽 모두에게 외국어인 영어로 이야기하는 편을 택하는 사람이었다. 연습 첫날, B 교수가 얼마나 진도를 빼겠다고 계획했는지 모르겠다. 첫 네 마디는 아니었겠지.

Langsam. Misterioso.

첫 이분음표를 미처 다 끝내기도 전에 B 교수
가 손을 허공에서 움켜쥐었다(그만하라는 뜻이다). 그
는 되도록 길게 모음을 유지하라고 주문했다. '아우
프'가 아니라 '아아아우프', 끝의 자음 f는 이분음
표가 끝나기 직전에 살짝 떨어뜨려놓듯 발음할 것.

다음 난관은 두 번째 마디에서 시작되는 ja-
aufersteh'n이었다. ja(야아)가 '아'로 끝나고 다음
음절 auf(아우프) 역시 '아'로 시작했기 때문이다.
끝이든 시작이든 우리에게는 똑같은 '아'였으니 우
리는 열심히 '야아아우프에어슈테헨'이라고 노래했
다. B 교수는 침착하게 설명했다. ja(응, 네, 그래)와
aufersteh'n(부활하리라)은 별개의 단어니 두 단어
사이에, 그러니까 '아'와 '아' 사이에 살짝 뜸을 주
라고 말이다. 이어, 두 번째 단어가 시작하는 auf에
강세를 주어 말의 의미를 명확히 하되, 음악에 없는
강세를 만들어내면 안 된다고 덧붙였다. 그리고 웃
으며, 그러나 힘주어 강조했다. '야아아우프에어슈
테헨'이라는 단어는 독어에 없다고 말이다.

그때부터 '마지막 구령 빼고 피터 10회, 한 명
이라도 마지막 구령 붙이면 처음부터 다시'가 시작
됐다. 야아아우프, 야아 (쉬고) 아우프, 야아 (쉬고)
아아아우프…. 아비규환이었다. 심지어 합창은 피아

니시시모(ppp)에 아 카펠라(악기 없이 목소리로만)로 시작했으니 숨을 데도 기댈 곳도 없었다. 모두가 마지막 구령을 빼는 기적은 끝내 일어나지 않았고 서둘러 연습실을 떠나는 B 교수의 얼굴은 울그락불그락했다.

다음 연습부터는 진도가 쭉쭉 빠졌다. 첫 연습에서 주어진 시간과 요구되는 능력 사이의 (극복할 수 없는) 격차를 확연히 깨달았는지 B 교수가 현실적인 타협을 택했기 때문이다. 가사는 포기하고 음악만 만들자. 음악이라도!

"입장하시겠습니다."

공연 당일, 무대로 향하는 문이 열리고 우리는 수만 번 무대에 선 예술가처럼 의연하게 입장했다. 그러나 이제와 털어놓자면 우리는 끝내 몰랐다. 우리 입에서 나오는 독어 가사가, 아니 한글로 적힌 음운의 조합이 정확히 무슨 뜻인지, 그래서 그것이 음악에 어떻게 연결되고 표현되는지. 안타까운 마음에 번역본을 찾아 몇 번이고 되읽었지만 추상적인 내용 탓에 큰 도움이 되지 않았다.

'될 때까지 그런 척 해라(Fake it until you make it).' 이 업계에 이런 표어가 괜히 있는 것이 아니다. 우리는 노래했다. 발음은 엉망이었고 가사의 의미도 몰랐지만 말러의 음악은 강렬했다. 그의 음악은 연주자와 관객, 모두의 마음을 한껏 휘저어놓아 "천사의 날개에 얹혀 가장 높은 곳까지 들어올리는"* 듯했다. 음악에 압도되어 잠시나마 이 세상 너머의 것을 엿보았고 나 또한 그 일부가 된 것 같았다.

합창이 끝나자 객석을 가득 채운 관객은 열렬한 박수를 보냈다. 무사히 끝냈다는 안도감과 더불어 함께 만들어낸 음악에 스스로 감동해 우리는 서로를 얼싸안고 등을 두들겨댔다.

그리고 무대 뒤에서 본 B 교수는 사랑니 마취가 풀려가는 사람이 웃는 듯한 표정이었다. 그 참담한 표정에 친구의 등을 두들기던 손이 허공에서 얼어붙었다. 그는 의례적인 인사말을 남기고 황급히 자리를 떴다. 그제야 B 교수가 많이 괴로웠으리라는데 생각이 미쳤다.

합창은 노래다. 그리고 노래의 본질은 음악과 말의 결합에 있다. 음악에 가사를 붙여 의미를 두터이하고 가사에 음악을 얹어 언어 너머의 언어를 끌어안는 것이 노래다. 그렇다면 음악과 언어를 적절히 결합시켜 둘 사이의 호응과 충돌 속에 솟아나는

---

* 〈부활〉 리허설 후 말러가 곡에 대해서 친구에게 한 말이다.

새로운 무언가를 포착하고 표현할 수 있도록 가르치는 게 합창지휘과 교수인 그의 사명이었다. 그런데 여기, 가사를 제대로 읽을 줄도 발음할 줄도 모르고 그 깊은 의미는 아예 옆으로 밀쳐놓은 일련의 무리들과 한정된 시간 내에 뭐라도 만들어내 관객 앞에 세워야 했다. 현실의 제약을 넘어서지 못했다는 그의 자괴감과 곤혹스러움을 가늠하기에 우리는 너무 젊고 무지했다. 그렇게 〈부활〉 연주는 학창 시절 멋진 추억으로, 그러나 B 교수의 표정과 함께 박제되었다.

근원의 당근

이날의 공연을 다시 떠올린 것은 수년이 지나서였다. 거듭된 우연의 끝에 오스트리아, 잘츠부르크에서 살게 되었다. 작별 인사도 할 겸 평소 다니던 한의원을 찾았었다. 취미 삼아 관상을 보던 한의사는 가만히 출국 소식을 듣더니만 맥을 짚다 말고 사실 내가 잘츠부르크에 가서 공주가 될 상(相)이라고 했다. 아니 그럴 관상이었으면 진작 알려주든가. 멀쩡히 잘 다니던 예술의전당을 그만두고 말도 안 통하는 나라에서 처음부터 시작해야 하나 밤잠 못 자가며 고민하기 전에 말이다. 그 한의원은 없어진 지 오래고, 나는 잘츠부르크에서 공주가 되지 못했다.

어느 여름, 이 잘츠부르크 평민은 장터를 찾았다. 인근에서 유명한 7일장이라 이탈리아에서부터 온 트럭에서는 염소치즈를 채운 호박꽃튀김을 팔았고, 올리브 파는 아줌마는 지나가는 손님들에게 맛한번 보고 가라며 색색가지 올리브를 내밀었다. 단골 야채가게부터 찾아 죽 늘어놓은 좌판을 둘러보다 우뚝 멈춰 섰다. 내 눈을 믿을 수 없었다. 처음 보는 채소 위로 이름과 가격이 적힌 골판지가 놓여 있는데 이름이 무려 Urkarotte, '근원의 당근'이다. '근원의' 당근. 입술을 지그시 깨물었다. 순간 10여년 전 무대 뒤에서 본 B 교수의 표정이 떠오르며 나는 마치 어제 일인 듯 그날의 민망함과 곤혹스러움에 휩싸였다. 아아, 말러 2번, 4악장 제목이 Urlicht, '근원의 빛'이었는데. 번역본을 읽고도 무슨 뜻인지 끝내 이해할 수 없었지.

근원의 당근은 검은색에 가까울 정도로 짙은 보라색에 얇고 길쭉했으며 일반 당근보다 비쌌다. 냉큼 한 묶음을 집어들고 부리나케 집으로 향했다. 검색해보니 원래 당근이 검은색이란다. 검은 당근에

노란 당근을 접붙인 결과물이 우리가 원래 당근은 이런 색이다 믿어 의심치 않는 그 주황 당근이다. 근원의 당근은 좀 더 흙에 가까운 느낌이어서 오래 씹어야 단맛이 찬찬히 배어 나왔지만 묵직한 힘이 있었다. 진정한 뿌리 채소가 어떤 맛인지 알려주마 작정한 듯한 풍미로 과연 '근원'이란 이름을 가질 만했다. 우물우물 근원의 당근을 씹으며 결심했다. 한갓 당근의 이름조차 맥락이 있는데 10여 년 전 무대 위에서 부른 합창 가사를 이해할 때도 되었다고.

악보를 구입해 음표를 짚어가며 음악을 듣고 독어 가사를 하나하나 번역했다. 생각보다 쉽지 않았다. 뭐든 제대로 알려고 마음먹으면 으레 그렇듯 5악장을 이해하려니 4악장부터 이해해야 했고, 4악장을 이해하려니 그 앞의 악장도, 또 말러의 인생까지도 좀 알아야 했다. 가지는 끝이 없이 뻗었다. 아니 뭐 이렇게까지 해야 하나 싶어 책을 덮었다가도 이내 다시 집어들었다. 그때 그 합창 무대에서 온몸으로 경험한 아름다움에 대한 기억 때문이었다. 그 아름다움만큼은 손에 잡힐 듯 확연히 내 몸에 남아 있었다.

시간과 노력을 들일수록 차츰 작품을 둘러싼 스토리가 만들어졌다. 2번 교향곡을 작곡할 무렵 말러는 가정사와 커리어, 안팎으로 몰아치는 인생의 풍파에 맞서 고군분투하고 있었다. 그래서 스스로 질문을 던졌다. 왜 군이 인생의 고통을 감내하면서까지 살아야 하는가. 6년의 시간이 지나서야 답을 찾은 그는 마침내 마지막 악장, 5악장의 합창을 완성했다. 그러니까 그때 우리가 부른 합창은 칠흑 같은 침묵을 뚫고 신비롭게 퍼지는 천상의 목소리이자 확신에 찬 말러의 선언 같은 대답이었다.

Aufersteh'n, ja, aufersteh'n.
(부활하리라. 그래, 부활하리라.)

살기 위해 먼저 죽으리라, 그리고 부활하리라, 새로 태어나리라. 두려움에 떨기를 멈추고 삶을 준비하라! 쟁취한 날개를 달고 빛을 향해 날아오르리!

B 교수가 왜 첫 연습 내내 이 첫 네 마디를 연습시켰는지 그제야 납득이 갔다. 우리는 이 첫 네 마디에서, 6년이 걸려 말러가 찾아낸 답을, 그의 의지를 명확히 전달했어야 했다. 음악이 클라이맥스에 다다랐을 때에도 우리는 이 네 마디를 반복했다. 속삭이듯 피아니시시모(ppp)로 시작한 처음과 정반대로 이번에는 일제히 소리 높여 포르티시시모(fff)로

'부활하리라, 그래'를 외쳤다. 호른과 트럼본은 자리에서 일어서 악기를 하늘 높이 쳐들며 연주했고 한 시간 반 동안 이 순간만을 기다린 오르간까지 합세해 장엄미를 더했다. 이어지는 두 번째 '부활하리라'에서 2백 명 넘는 우리는 일제히 각자의 음을 찾아 네 갈래로 나눠져 활짝 펼쳐졌다. 구름을 뚫고 빛이 쏟아지는 가운데 우리가 그 사이로 음악을 타고 날아오르는 것만 같았다. 아아, 그때 이 모든 것을 알고 불렀다면 얼마나 좋았을까.

너무 아름다워 말로 표현할 수 없는 무언가를 끝내 말로 표현해야 한다

이런 기억 때문에 〈쇼생크 탈출〉의 레드에게 해주고 싶은 말이 있다. '너무 아름다워 말로 표현할 수 없고 가슴 시리게 하는 무언가'를 좀 더 가까이서 바라보는 것에 대한 이야기다.

얼굴 한번 보겠다고 사랑에 달뜬 눈으로 담을 타던 남자였다. 자신은 세상 가장 행복한 남자라며, 이 순간이 영원하길 기도한다 했다. 그렇게 영원을 운운하더니만! 결혼 후 바람을 피우기 시작하더니 심지어 결혼식이 잡힌 하녀와 어떻게든 한번 자보려고 안달복달한다. 현장을 덮치면 이 인간이 정신을 차릴까 한숨과 눈물로 밤을 지새던 아내는 자존심을 접고 하녀에게 도움을 청한다.

자, 이제 반격이다. 두 여성 모두 절박하다. 아내는 남편의 바람을 막아야 하고 하녀는 주인의 접근을 막아야 한다. 아내는 하녀에게 남편을 유혹해낼 편지를 받아 적게 한다. 책임은 다 내가 질게. 너는 내가 부르는 대로 받아 적어. 망설이던 하녀는 한마디 한마디 불러주는 대로 적어내려간다.

아내: 바람에 실어 보내는 작은 노래…

하녀: …바람에 실어

아내: 부드러운 산들바람이…

하녀: 산들바람…

아내: 오늘 밤 탄식하듯 불어오는데…

하녀: 오늘 밤 탄식하듯 불어오는데…

아내: 작은 숲 전나무 밑에서…

하녀: …전나무 밑?

아내: 작은 숲 전나무 밑

하녀: 작은 숲… 전나무 밑에서…

아내: 나머지는 알아듣겠지?

하녀: 그럼요, 그럼요, 알아들을 거예요

모차르트 오페라 〈피가로의 결혼〉 중 〈편지의 이중창〉, 레드가 말한 그 '무언가'다. 이중창을 부르는 '두 이탈리아 숙녀'(사실 두 스페인 숙녀다)는 백작 부인과 그의 하녀 수잔나다. 레드의 바람과 달리 '무언가'는 아름답지도 가슴 시리지도 않아 보인다. 두 여성은 바람피우는 남편을, 호색한인 주인나리를 계략에 빠뜨리려고 밀회의 시간과 장소를 알리는 편지를 함께 쓰고 있을 따름이다.

〈쇼생크 탈출〉에서 징벌을 감수하면서까지 동료 죄수들에게 〈편지의 이중창〉을 들려준 앤디의 입장을 생각하면 이런 내용은 더욱 기가 막힌다. 앤디는 바람피운 아내와 그 정부를 살해했다는 누명을 쓰고 무기징역수로 투옥되었으니 말이다. 이 이중창으로 '바람피우면 안 된다'는 교훈을 들려주려는 의도는 아니었을 것이다. 서로 마주보며 돌진하는 기차들처럼 음악과 언어는 격렬하게 충돌한다. 그런데 모짜르트의 음악은 왜 이다지도 쓸데없이 아름다운가. 깊은 밤 숲을 흔들고 지나가는 산들바람처럼 바순과 오보에는 평화롭고 서정적이기까지 하다.

생각하면 또 이상하다. 보마르셰의 원작 연극 〈미친 날, 혹은 피가로의 결혼〉에서도 그렇고, 상식적으로 생각하더라도 백작부인은 남편이 눈독 들이는 수잔나를 의심하고 질투해야 마땅하다. 그런데 오페라 〈피가로의 결혼〉에서 백작부인과 수잔나는 사이 좋은 자매처럼 서로를 아낀다. 만인이 만인을 의심하는 상황에서도 이 둘만은 서로를 한 치의 의심도 없이 믿고 돕는다.

그건 아마 백작부인에게도 수잔나에게도 이 '미친 날'을 함께 헤쳐나가는 서로가 자신에게 남은 유일한 희망이었기 때문일 것이다. 〈쇼생크 탈출〉속 레드에게 앤디와의 우정이 스스로 목숨을 끊지 않을 마지막 희망으로 남았듯 말이다.

그러므로 자신을 그리고 상대를 구하기 위해 둘이 의지하고 힘을 합치는 이 듀엣은 서로를 위로하듯 가능한 한 아름다운 편이 좋다. 띄엄띄엄 틈을 두고 망설이며 받아 적던 수잔나와 한 줄 한 줄 편지를 불러주던 백작부인. 둘의 목소리가 한데 겹치고 섞여 더 이상 구분할 수 없고, 무엇을 노래하는지조차 알 수 없이 아름다움만이 남아 탄식을 자아내게 되더라도 말이다. 그렇게 생각하면 결국 레드의 말은 틀리지 않았다. 백작부인과 수잔나는 "너무 아름다워 말로 표현할 수 없고 가슴 시리게 하는 어떤 것에 대해" 노래한다.

앤디와 레드가 재회한 그 바닷가에는 축음기가 있을까? 쇼생크 감옥에서 지붕을 수리하던 때처럼 푸른 태평양을 바라보며 맥주 한 병씩을 손에 들고 〈편지의 이중창〉을 들을까? 그때 그 둘은 말로 표현할 수 없는 아름다움에 대해 어떤 말을 나눌까.

멀리서 감탄하는 것으로 충분할 때도 있다. 하지만 아름다움을 느꼈다면 거기서부터 시작하는 게 좋다. 옆에 두고, 깊이 들여다보고, 다시 보고, 어루만져가며 나만의 의미를 부여해가기. 그 과정을 거치며 내 시선이 정교해질수록 아름다움은 더 선명해진다. 그래서 어떤 아름다움을 지극히 사랑하는 사람이 사용하는 단어는 매우 디테일하고 사적이다. 그 단어들을 조합해 만든 문장 또한 오직 그만이 만들어낼 수 있는 표현이다. 애정을 가지고 긴 시간을 쏟아 찾은 자신만의 해석으로 그 아름다움을 이미 자기 것으로 만들었기 때문이다.

우리가 말로 표현할 수 없을 만치 아름다운 무형의 어떤 것을 소유한다는 것이 가능하다면, 이런 행위야말로 소유에 가장 가까운 형태가 아닐까. 그

렇게 내 안에 각인된 아름다움은 앤디가 이야기했듯
그 누구도 결코 가져갈 수 없으므로.

나를 만든 세계, 내가 만든 세계
'아무튼'은 나에게 기쁨이자 즐거움이 되는,
생각만 해도 좋은 한 가지를 담은 에세이 시리즈입니다.
위고, 제철소, 코난북스, 세 출판사가 함께 펴냅니다.

아무튼, 무대

1판 1쇄 발행 2022년 2월 22일
    2쇄 발행 2022년 12월 22일
지은이 황정원
펴낸이 이정규
펴낸곳 코난북스
출판등록 제2013-000275호
전화 070-7620-0369
팩스 0505-330-1020

conanpress@gmail.com
conanbooks.com
facebook.com/conanbooks

ISBN 979-11-88605-23-1 02810